獻給生活在這片天空之下
如我一般矛盾的個體

推薦序

誠實與真實

每一年，我們都會設下一個練習的目標，今年的目標是「誠實」。

誠實意味著，去承認自己真實的想法，真實的感受，像是正面對決一樣，練習不再逃避。三年後看著黃繭的文字，是赤裸的，是透明的讓人看見自己真正的內心，彷彿窺探私密日記，像最親密的朋友一般沒有阻隔，像鏡子一樣映照出你我都有的面相，在書裡得到真誠又溫暖的陪伴，原來誠實會讓人遇見真實的彼此，遇見真實的自己。

黃繭說：「如今我只堅守一件事，深信需要這些文字的人，總會用自己的方式找到它們，我們只負責描述來源，不需要被丟入某個分類，甚至不必再經由比較，而做不了更多喜歡的事。」

你願意多麼誠實的面對自己？

珍惜多愁善感的細膩覺察，成了最溫柔的文字傳達，你無法言語的感受，她和你一樣感同身受。

依錚依靜

推薦序

那時的自己

朋友談起釀酒的經驗：「釀酒需視水果的種類加糖，否則會影響發酵。容器也是重點，必須慎選容器的材質口徑，仔細消毒晾乾，避免空氣進入，且溫度比濕度更為重要，掌控溫度才能喝到醇厚的酒，然而，無論多麼注意細節程序，好喝的酒最需要的仍是時間。」

這段談話使我想起曾讀過的一則寓言：老太太偶然找著一支空酒瓶，打開瓶子嗅聞，濃郁酒香撲面而來，她貪婪地吸納氣味，喃喃自語：「好美，空的酒瓶都這麼香，那時的我應該深愛這瓶酒吧？」寓言隱含著美好的事物總能留下深遠的影響，即使已然遺忘事物的細節，其留下的餘韻仍使人浸淫其中。

黃繭的這部集子是釀字的過程，她以記憶、生活與想像，以笑容、聲音與目光，亦以傷痕、挫折與脆弱，更以癒合、堅定與釋然，時刻斟酌糖份，抉擇著容器的材質口徑，當心溫度與溼度，而最終的最終，她領悟時間的力量。

美味是急不得的，需要的不僅是好的原料與精湛的技術，更多是耐心的等待。

等待是唯一能成就美味的關鍵。世事何嘗不是如此？萬事俱全，只剩等待。

當等待了記憶、生活與想像，等待了笑容、聲音與目光，等待了傷痕、挫折與脆弱，等待了癒合、堅定與釋然，等待了時間，等待了等待，最終所等待的不過是原本的自己。

原本的自己，然而，亦不再是自己。

翻閱這部集子，閱讀她的曾經與不再，閱讀她於等待裡留存的片段，她於日常的釀醞裡積累與遺失的自我，從而嗅聞撲面的香氣，其餘韻引人走進遺失的自我裡，深深吸納字裡行間的氣味，並喃喃自語著：「好美，那時的我也是如此吧？」

好美，那時的我也是如此吧？

後來的我們深愛著並深深憐憫著那時的自己。

陳曉唯

自序

寫於初衷

取名為繭，是相信羽化之前的時光，我們終將經歷一段磨難和對峙。

完成這本書之前，相信妳一定感到很害怕吧？每當感覺才華無望、對於鍵下的文字產生質疑，希望妳能回看現在所寫下的心情，相信沒有任何人的文字是毫無價值，即使最低限度，也有自己能成為自己的讀者。透過文字作為媒介，讓記憶延續成為日常的影子，當妳迷路，也已經是走在別人尋覓過的路。提醒自己，追求不純粹為了具備聲量和光芒，寫作的初衷，是為了成長而寫，文字擁有療癒一個人靈魂的能力，也能把當下的自己保存起來。

寫文章像是整理，路過的人剛好願意閱讀，他們正好與自己一起。妳明白時間雖然流動，卻不負責蔓延未來，若沒有了此刻，就難以累積成永恆。所有失敗跟修正，只是一個過程，原來不完美也是變得完美。

時間給了我們機會，讓我們擁有檢視的可能，一個人究竟是如何走過撕裂跟自我懷疑呢？那些醜陋、陌生、自卑無助，決定用文字好好記錄下來。

寫出寂寞、脆弱，還有不知怎麼癒合的破碎，每一次於人生交叉路口選擇，那顆因勇於面對而逐漸變得堅強的心，提醒自己，不是所有光芒都必須閃耀才算真正發光，妳就是妳，從微小光芒點亮的絢爛，也很迷人。

想跟妳說，有限的活著是為求不留下更多的遺憾，從不是為了向周遭證明什麼，實踐本身，已經包括追求答案的過程，這份心意遠遠超越想要抵達的邊界，此刻現在，妳的存在已永無取代。

透光練習，是為了看見自己，究竟「我」是怎麼樣的一個人。

黃繭

目次

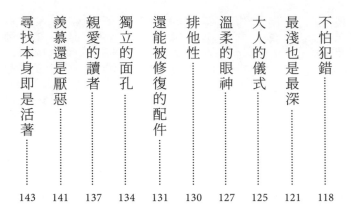

20
19

20
20

一月十六日

不再被「想要證明」的心給捆綁，重點是人們根本就不需要爲誰證明。不斷地跟自己說，妳眞的值得更好的，生活百百種，我不過只是身在其中一種。

六月十六日

再溫柔的夢必然有醒來的時刻，就像心裡知道違反原則的夢境，是不能夠茫然依附的那樣。

一月十四日

不要放任自己被消耗，要快快樂樂。

另一個平行宇宙

有陣子著迷於關於時間的書。對於時間敘述，人們存在很多解讀，知識的獲得，在我們活著的時間上具備線性特徵，存在方位且不可逆；同時也有人說，時間呈現散射狀，存在各式維度，我們能透過俯視看見，關於現存時空與另一個時空裡的我。

現在、過去、未來，或許同時發生在你我不知道的平行世界。

時間的兩種狀態，甚至有可能更多，我猜他們或許都沒有形狀，根據人們的想像各取所需，尋求答案的終點會是什麼？時間確實創造出現在的我們，潛意識裡所有選擇都無從倒帶，現實也是，現在的我們無法回到過去，但會不會在未來某一天，科技超越了人性，創造出可以回到過去的時光機器？你永遠不知道現在的絕對，能否跨越現在的每一天。

當你理解時間，明白時間乘載回憶和生死，人類因而感覺無比心痛悲傷，發生的過程已經永恆刻在時間軌跡裡頭，成為無與倫比，再也沒有誰可以取代。喜歡與不喜歡，都是當下瞬間。事物誕生的初始，時間本是無能為力，一個人選擇不特意抵抗命運，這不是認輸，而是明白有些東西沒能回應過去，真正迎向結果之前，我們似乎能做得到更多。

你想像時間若具有方向，然後一直往前、往前、再往前，速度時快時慢，總有一天，我們的生命會再也動彈不得。可是，如果想像時間是散射狀態，快樂和流淚難受的我，正在平行宇宙同時發生，當我歡笑，另一個我剛好處於悲傷，我們看不見那些正在發生的情緒，說起來，這是件很不可思議的事對吧？

倘若能夠選擇轉彎思考，想像「過去的我不是死去，而是正在另一個地方重複那些已經經歷過的事情」，便能明白無時無刻把自己照顧好的堅強，那份堅強並不是逃避遺忘，而是相信那個我，正在我不知道的維度，陪我一同分擔。

宇宙間沒有任何一個物體，是恆久孤獨的存在。

你的茁壯，同時保護另一個所不知道的自己，人的一生，究竟為何變得更堅強？答案存於自己身上。我一直覺得「為了別人」做出的決定，強大與軟弱之間，甚至只有一線之隔，當生命接收到毀壞，意識到憑藉脆弱成長的原因，這些決定不單單是為了家人、伴侶、朋友……我們理所當然把關係投入，將一切指向他人，卻忘了所有意願都是為了自己。

如果你明白現在選擇的東西，另一個平行時空可能不一樣了，是不是就能夠原諒現在的自己做出的選擇？《藍，或是另一種藍》這本小說記述著，如果當時的自己，選擇了另一個答案，難道就能真的變得幸福嗎？可是，所有選擇終歸是比較而來，如果確信做出的選擇沒有任何遺憾，那便不會執著最後幸福不幸福，這一刻看似不幸，有可能是另一個狀態的接續，所有回應皆為相等，每個狀態、每個瞬間，每一次的快樂，當下的我們，都不是徒勞。

安放棲身之處

說來有一點點奇怪，再度搬回臺北，喜歡待在家睡覺的時間變多了。

青春時期，喜歡跟朋友出去玩，不問理由，只顧把空白日期全都塞得滿滿，無論談戀愛、翹課、通宵看日劇，寫報告、期末考熬掉幾個爆肝的夜，默默迎接無數日出；就學期間，為了不給周遭帶來負擔，拚了命努力考取獎學金，毫不猶豫兼職三份打工，只希望可以獨力把生活照顧好。打工犧牲了自由，時常委屈著想掉淚的衝動，我曾經想過，為什麼必須比別人活得辛苦呢？只因為「出身」是人們無法輕易扭轉的事吧。

如何從怨懟的立場，轉變為逐漸可以獨立，並不完完全全依附？

依稀記得，高中三年級，因為準備大學考試，提早一年體驗了外宿生活，高中畢業順勢搬出家裡，至今不知道是第幾個年頭了，也許我早該習慣一個人，也或者早就知道，孤獨從來不是太稀罕的事。

知道自己怕寂寞，好像有空缺就會被難過吞噬，隨時得擁有精神依附的對象來填補孤單；喜歡日升之後才睡，即使對身體不太好，深夜寧靜總會帶給我至高無上的安全感，養成了非得深夜寫下什麼才能安穩入睡的壞習慣。最初以為失眠只是小事，直到很後來，我才知道所謂心病，是從好久以前就堆積而成。

時間軸拉至現在，仍喜歡在深夜消除創作的渴望，不過心境已經跟從前不同了，再也不會因為孤單而感覺失去自由，尊重孤單，表示正在學習接納現在的我。偶爾、非常偶爾，還是會感覺到想要被愛，也想在螢幕另一端，擁有一個能夠傾吐的對象，狀態轉至現在，我已經不再追求那個對象的存在了，因為一個人的生活也沒有什麼不好。

試圖問過周遭，他們是如何稀釋孤單揮霍著生命的侵蝕呢？對每個人來說，每一次解離都是酷刑，從前我們習慣尋求慰藉，也在分離之後迂迴，道別後的殘影依舊難以釐清。看著朋友們一個個步入婚姻，內心茫然，卻要這顆懸著的心有所放下，真正的孤寂，說穿了不過是害怕變成市場的瑕疵品，有時候必須回看當時做出選擇的原因，才能緩解這些迷失的感受。

沿路從衝突活成稍微圓融，逐漸懂得拒絕誘惑，選擇什麼樣的朋友對自己來說才最合適，怎麼犧牲才不會成了無端浪費，想與怎麼樣的對象交往才能保有自在。人在傷心欲絕的階段，看不清朦朧的選擇，但我從未覺得因孤獨而找尋慰藉是件醜陋的事。每一個人其實都是一樣的吧？就像身處黑暗之中，我們持著小小手機，凝視發光螢幕，早上醒來，迫不及待打開對方傳來的訊息，我們不知不覺掉入「寂寞」的圈套，是因為我們都曾扮演過孤單的人。

現在的我，不再覺得一個人過節是件疏離的事，享受日常也是重要的練習，結束連續工作帶來的疲憊，吃頓喜歡的美食，再睡上一場好覺，現在的我喜歡跟自己獨處，整理房間也好、閱讀也好、躺在床上什麼都不做也好，調適毫無產值帶來的焦慮，其實也是一種練習。試著為自己整理一個捨不得離開的棲身之處吧，當你足夠喜歡自己的生活方式，就能多翻閱一點快樂。

彼時

朋友展開倫敦的新生活之前，建立了一個部落格。她跟我說，抵達英國後想繼續書寫，我鼓勵她絕對要繼續做自己喜歡的事。

辭職之後的我，體會到生活瞬間卸下忙碌的差異，發現過往來自「別人的肯定」都不太真實，從失敗裡獲得的理解，永遠會是人生豐富的經歷，從別人口中獲得的讚美，跟我們願意肯定自己的聲音，有著不同差異。內心的鼓勵，不同於閃爍於外的讚美指教，而是把每段失落經歷，重編到人生教條，最終轉化成意志。

認同感常常成為無意識追求的生存策略，總是介意別人怎麼看待自己，當我們越想做好一件事情，現實反而變得一團糟。從小學開始，我發現自己慣性討好周遭同學，尤其越討厭自己的人，越希望不要被對方討厭。上了大學之後，理解到我們很難讓每個人都用同種標準喜歡自己，無論是誰都無法輕易做到，每個人都有舒適的交友方式，我們無法左右別人對我們的觀感，但我們可以決定怎麼對待別人，討好的行為難以界定對錯，也不是讓關係永久的唯一方法。

畢業以後，時光與距離篩出了陌生感，曾經熟稔的同學，再度連絡的機率變得微乎其微，出了社會，彷彿大家都生活在不同世界，談及的話題總圍繞過去，我們能夠守護的東西往往只有「彼時」而已，熱烈的曾經都褪色成為了過去。

抵達英國，她開始紀錄倫敦的生活，文中吐露了待在陌生環境，看見自己不為人知的陰暗面。面對暗處，每個人都有「逃避」跟「直視」的選擇，我很高興看見她直視自我恐懼。出發之前，我曾努力說服她別在疫情當下冒險，但她回應我的眼神，無所畏懼。我相信恐懼時常佔據人們腦袋，讓我們失去改變的勇氣，但我們應該要傾聽自己的心。

學習察覺恐懼，練習共處，才有機會修正決定，這樣的做法，或許是變得堅強的磨練方式。看著她跨越舒適圈，讓我決定也為自己架設一個網站，對初學者的我來說，建置過程有些困難，印象最深刻的失誤，是不小心錯按英文字母拼音，浪費了一個網域的金額……網站架設完畢，失誤變成了自嘲的插曲，雖然好笑，但心卻很滿足，因為我完成了一件不擅長的事情。

回想起鼓勵朋友繼續書寫的我，其實也間接鼓勵了自己吧？

告訴自己要有勇氣嘗試那些不願跳脫的事，猶如她無所動搖地飛往異地。她告訴我：「有很多事情現在不去做，以後也真的不會做了。」

我在老舊的手機殼上貼了一張貼紙，提醒自己不要忘記，那是《今晚我是手》寫下的一句話：「**把你感興趣的事做個一百次，變成你的專長，再用這件事影響這個世界。**」

真實的價值

二〇一七年，參與了一個香港工作室編寫劇本的專案，那時的我還很青澀，這份經歷確實成為人生獨一無二的體驗，當時正職和寫劇本交叉來回，多少感到有些疲憊，上一個工作才剛剛結束，緊接著下個工作，晚上九點多，背著笨重的筆電，繼續前往工作室，結束討論已是凌晨兩三點，我的心卻覺得很充實。

第一次與導演和編劇會面，想著，這該不會是詐騙一場？現在想想，不假思索就前去見面的行為真是有勇無謀，記得自己讀了當月的星座運勢，說著本月份會有一個突如其來的工作機會，當下內心苦笑，都月底了怎麼有這樣幸運的事呢？沒想到月底結束的幾天前，還真的收到了一封電子郵件。

記得那次見面，心臟撲通撲通跳，精神感到異常抖擻，導演看著我說：「想找妳討論劇本，是因為在妳的文字裡，看到一種寂寞感，那是我很想要加進劇本的東西。」

世界上有那麼多寫字的人，地球此處連接到另一端，猶如萬中選一，不知道該怎麼定義這份奇妙的交換，那時我對書寫多麼沒自信，卻能參與劇本討論，或多或少建立了些許信心。寬敞的工作室、白色的落地窗，玻璃窗上貼滿許多白紙。我們在紙張上寫滿有趣的關鍵字與場景，隨著我們自由發想，紙張也跟著想法遞增，有時順序從A場景移動至B場景，組織過程相當有趣，知道自己正在拼湊一塊又一塊未知的拼圖。

那時常常對著共事的編劇，反覆提出自我懷疑，說著：「這樣好嗎？這個點子沒問題嗎？只怕沒能幫到妳的忙。」編劇對我說：「沒有啊，我覺得這樣挺好的，每個人都有屬於自己的點子。」這句話彷彿為我打了一劑強心針，同時也驚呼編劇的專業程度不容置喙，資料夾隨手能調出某部電影的對白場景，她的腦袋塞滿了無限資料，對喜好的投入成了她的專業。

每天我們會在用餐時間聊一些自己的事情，工作經歷、家人、生活態度……不知不覺間關係也變得親近了，那時我忍不住問她：「我真的值得坐在這裡嗎？我對自己寫下的字沒有自信，感覺連等價交換的資格都沒有。」她瞇著眼問我：「妳啊，有沒有看過日劇《王牌大律師》啊？」我說：「有啊，看過幾集，還沒看完呢！」

她右手快速滑過螢幕介面，點開文字傳給我看，她說，自從看了《王牌大律師》的古美門說了這些話，就很少再質疑自己的價值，她想把這段話送給我。

古美門的台詞這樣寫著：「不讓任何人承擔責任，不想看的東西就迴避，但是，如果想奪回值得誇耀的生存方式，就必須看那些不願意看的現實，必須帶著身負重傷的覺悟前進，這才叫做戰鬥。有怨言的話去墳墓裡說，錢不是全部，錢就是你們向對手報一箭之仇、見識你們骨氣的方法，是奪回被剝奪的東西和被踐踏的尊嚴最合適的代價，除此以外什麼都不是。」

不知道為什麼，讀完這段台詞，有種想要流淚的衝動，她再接著說：「我覺得，如果要消耗生命的熱情去做一件事，那錢就是唯一適合的代價，千萬不要委屈自己去做，也不要犧牲過多去做。」

這段話成為了寶物收進我的心底，每當感覺自我懷疑，就想變成古美門當頭棒喝的對象，金錢多寡或許不是評價的唯一途徑，卻是生命不可或缺的追求，事實上，我們知道自己值得什麼樣的價值嗎？知道欣賞我們的伯樂，究竟喜歡我們什麼獨特的地方？默默耕耘，持續的勇氣跟本質才是最真實的價值，懷疑的另一種說法來看，其實也是向前學習的動機。

我們或許不必把自己準備到百分之百，才拿出勇氣嘗試某件事情，儘管邊學邊做吧，不夠熟練也沒關係，至少在變得完美之前，勇氣已經提早出發了。

融化春日

租屋處漫步到十字路口，只要短短十五分鐘，巷口有間早餐店，時常固定到那裡享用肉鬆沙拉蛋吐司，吃完走出店門，偶爾我會抬頭仰望天空，看看今日陽光如何，走在人行道，街道種了許多樹木，每當枯萎的樹葉再次沾滿綠意，我會忍不住溢起感謝的心情，想著：「已經是春天了。」

四季輾轉，過了一個「年」的循環。三百六十五天，我們跨越了什麼呢？這讓我想起自己很喜歡的一部作品《魔法水果籃》（フルーツバスケット），故事裡頭，總是沉穩的羽鳥醫生，其實心裡深處藏了一個傷，以為失去愛人是自己的過錯，若不是罔顧詛咒愛上了對方，就不會讓心愛之人因愧疚而生了心病，他選擇親手消除相愛的回憶，向神祈禱著，只願她能再一次獲得真正的幸福。我想他的內心，或許只是希望有個聲音告訴他：「沒關係，這不是你的錯。」而女主角小透不經意流露的溫柔，間接安慰了他的靈魂。

當醫生問她：「妳覺得，雪融化了以後會是什麼呢？」

小透說：「這個嘛，我想會變成春天，無論現在有多麼寒冷，春天一定會再度到來。」

這份溫柔的回答，正如羽鳥所愛之人一樣，治癒了羽鳥的心，像最初愛人笑著說道：「羽鳥，能夠跟你相遇真是太好了。」

萬物不變的自然法則，脆弱的事物仍是生命，小透的回答包裹著溫柔，訴說「生命總會迎來完結的日子，可是，春天還會來臨。」這份既溫暖又真實的答案，說明縱然忍受多少嚴峻的悲傷，最後迎接我們的，都會是和煦的春天。「春天」作為四季更迭的起點，讓我們學習暫緩悲觀，獲得新生的勇氣。春天，讓無家可歸的人們，不再面對凜冽風吹，備嘗風霜的身軀，終能曬曬暖陽獲得喘息。

春天，原來是帶來希望的季節。

季節交替，提醒我們又是新的循環。那些理所當然度過的日常，輕易說出「那麼下次再見吧」的約定，等到我們想要兌現的時候，或許季節已經偷走了對方的未來，生命無常，我們能夠守護的唯有現在。

如果可以，願我們理解，生命跟春天一樣，能夠帶來悲傷、也能喚來奇蹟。

淡藍色的天花板

藥量的取決程度，來自心的回應。

偶爾，我會偷偷把藥丸截成一半吞下，默默看著天色漸亮，卻毫無睡意；好的狀態是無意識進入昏厥，甚至連燈也忘記關。

身體明明是我的，卻又不像我的，焦慮反應來自靈魂過度負載，身軀疲憊，意識卻停止不了運作，失去記憶之前，最常做的事情是看著天花板發呆。一盞昏暗的燈，視線長滿了憂鬱藍色，思量著天花板與眼球之間的距離，究竟存在多少模糊，那些看似怪奇狹窄卻讓人安心無比的孤獨，除了自己之外別無共享。

或許我們留給現實生活的遺憾太多，所以連孤獨也變得可貴了。

我問過自己無數次：「你最想去的地方是哪裡？」靈魂卻誠實回答了自己：「其實啊，心若不自由的話，哪裡都不能去。」

當我們願意將世俗的標準置於選擇之後，才有能力贖回自己的時間，雖然這些最初都是我們的，可是也已經不再屬於我們了。

我將那些好不容易買回的時間，重新選擇幸福的方式，我不再只是膽小鬼，害怕做出的選擇都將一無所獲，如今最好的驗證，是每當我埋首閱讀，用螢光筆篩出喜歡的段落，對我而言，這個過程已經是偌大的幸福。理解每一個人的價值觀不盡相同，若品嘗過對自己來說的甜，便覺得那就是此生的甜了，有些人喜歡金錢、身分地位、權力，但也有人喜歡自在樸實的生活。

《斜槓人生實踐版》這本書裡頭，有一句我很喜歡的話：「幸福的本質其實是痛苦管理，因為我們真正面對的選擇，並不是『我想要得到怎樣的快樂』，而是『我願意承受怎樣的痛苦』，這才是符合成功背後的決定因素。」

我對自己說過「不追逐成功，想要幸福」的想法，這是一份受限的謊言，因為幸不幸福，只有自己最清楚，當世俗定義的生活方式，已無法為生命帶來更多滿足，終於瞭解這樣的生活方式並不適合自己。

日復一日，沾滿的只有恐懼，不是快樂，過負的期待與失衡，弄壞一顆原本完好的心，我必須理解，只要活著，痛苦就不會有消失的一天，一個人想要擁有的慾望越多，害怕失去的恐懼也會隨之增加，我想追求的不是「擁有什麼」，而是當痛苦持續在生活敲門時，我能不能擁著堅韌的心好好面對。

我想練習，當心感受到真正快樂，我們能不能為自己放大快樂的視角，找出正在為了什麼感覺快樂，也許這些快樂沒有固定方式，卻有很多很多的累積，我想讓自己的視線，活在一個能持續尋找快樂的顏色之中。

意識

不曉得「喜歡」與「不喜歡」的形狀，只是選擇再度把座標放進了生活，那與病發之前有著強烈差異，無業身分讓日夜作息顛倒，因過度悲傷而斷絕外界聯絡，世界的對角線，寂寥得剩下自己。反覆沾濕的枕頭，淚痕讓我意識到，是該重拾整理生命的勇氣。

那是連同書寫的喜愛都放入的選擇，再次走入陌生環境，我向親密的人們傾訴恐懼，該如何一人回歸群體，我沒有太多自信，可是他們對我說，妳已經做得很好了。好多次我都不相信「好」的認可，反而「不好」的地方更為自卑。當我回歸與人群交集的生活，我才知道活著可能不是為了證明自己能完成什麼，是因為與外界產生「連結」，生命才有了指引、才擁有活著的感覺。

早晨九點鬧鐘響起，打開書桌前的檯燈，走到浴室盥洗，一連串的醒腦步驟，遲緩思考今日早餐要吃什麼，搭上捷運為止，習慣維持手機的飛航模式。我非常喜歡按下這個功能鍵，它能替我切斷與世界的連結，早晨乘車習慣聽綺貞的歌，她的聲音很溫柔，彷彿對我說：「今天的妳也沒問題。」

我想自己與多數人一樣，對無情流逝的時間感覺害怕，害怕現在的我無法好好愛人，沒有勇氣獲得被愛；害怕伴隨一生的心病，讓我被黑暗吞噬；害怕歲月衰老，讓我孑然一身步入死亡；害怕現狀擁有的，都將迎來失去；害怕細看現實裡的我，完全不值得擁有日常喜悅。

弗洛姆在《愛的藝術》一書所提：「愛，其實是一種技術。」

孩童時期，我們想要吸引他人關注，所以展現脆弱，只因為渴望被愛，所以想要去愛，隨著長大與他人產生連結，開始具備能力付出，慢慢懂得同理，當我們開始願意去愛，愛的價值來自「給予」的能力，所以值得了被愛。

愛的本質，同時也連結恐懼的自己，兩者相對存在，當我恐懼，便無法正視自己的樣貌，若說不知道愛是什麼，那麼想要追求的意識也趨向模糊不清，慶幸當我感到疑問的時刻，選擇拋開懷疑，盡力尋找，若要細數醜陋、憤怒、委屈的狀態，我想緊緊擁抱那個自己，對自己說：「別害怕去認識自己，好嗎？」

你必須相信，當你做出了一個選擇，也能接納另一個未能作出的選擇，恐懼的感覺也將跟著消失。從前我對無能為力做出改變的自己感到委屈困惑，而委屈在當下形成了一股對生活怨懟的力量，開始不喜歡自己、不喜歡活著，可是生活有無限選擇，我們何必把自己縮限在有限的選項？

當我們了解每一次選擇都是提醒，做出「改變」未曾過遲，因為有所意識，收集每一次選擇的感受，未來當你再遇見委屈，便有了能力回應，知道自己想要追求的是什麼，同時也在累積愛的能力。

學著活成一個有意識去愛、有意識追求、有意識瞭解自我的人。

讓我們在夢境醒來

焦慮的時候會做夢，身體好像變成陌生人的物件。

喜歡跟主治醫生聊天，說話的語氣總是輕柔，坐在她對面，談論的對象明明是自己，聽起來卻像是別人的故事，抽離「我」的角色，從旁練習觀看，描述這段時間的我都做了什麼事情。她讓我知道，過度的壓抑會使人流淚，練習放慢自己的呼吸，才能好好感受活著的呼吸起伏。我對她談及自己在宜蘭出差的日子，時常頻繁做夢，壓抑在心底的瑣事，讓我分不清如何疏散惡夢。

如果能列出一張清單，我想應該可以把那張清單填滿。

我記得自己做了一個夢，醒來之後，難得意識還存有夢的形狀，我拿起紙筆認真寫下這個夢的形狀，而後害怕真的實現，我對身旁好友說出了這個夢。

夢境裡的我正準備出發旅行，身旁簇擁幾個好友，不知道為什麼臉孔卻很模糊，我想不起來究竟跟誰一起前往，她們興奮地拿著一張旅行地圖，還有完美規劃細節的行程表，故事畫面從起飛那刻瞬間切換為抵達後的我們，滿懷期待前往未知的觀光勝地，地點的名稱我不清楚，只記得是個閃閃發光的海岸，聽說沙灘滿是金色砂礫。

成員加上我總共四個人，途中起了一片濃霧，耳邊還能聽見海浪的拍打聲，能夠感覺到這個地方非常遼闊寂靜，我們興高采烈走入這片濃霧之中，只是不知道怎麼回事，嘈雜的人聲漸漸變得稀薄，回頭一看，朋友們都不見了。

地上遺留了一張她們準備好的地圖，還有一只發光的手機，螢幕的Google Map顯示「找不到地區」，我撿起地上遺留的東西，濃霧之中僅剩下我一個人，我感到心跳加速、渾身顫抖，頭也不回地向前奔跑，只希望有人來救我。

橋上充斥著我的奔跑聲，隱約能聽見其中混著另一個人的，空氣變得越來越稀薄，窒息得快要哭了出來似的，回頭看向聲音傳來的方位，不知道為什麼，只見一道黑影朝我加速襲來，那份驚慌讓夢中的我冷汗直流，因為過於懼怕而跌倒了，回望逐漸變得碩大的黑影，為了逃開詭異的黑影追逐，用盡所剩力氣爬起狂奔，顧不得落下的行李，只是頭也不回繼續向前奔跑，腦袋空白難以思考。

突然間，我被一隻手抓住了。

回頭一看是個長滿白髮的老人，面露擔心地問我：「妳還好嗎？怎麼了？」頓時我像找到一根浮木，緊緊抓住老爺爺的手，喊叫著：「後面有人在追我！」

啪噠噠啪噠噠，遠方傳來好幾個人的腳步聲。

老人緩緩將手舉起，指向我的身後，說：「那是妳的朋友嗎？她們來了。」猛然轉頭，看見她們面露憂心向我奔來，緊擁著我，撫摸著我的髮一面安慰，問我一切還好嗎？怎麼轉頭突然間就找不到我了？緊繃的神經，因為她們的出現而舒緩，顫抖同時也投入朋友的懷抱之中，再回頭看，老爺爺已經不見了，而這片濃霧隨著他的消失也跟著散開，我呆立在橋上，一望無際的金色海岸，陽光灑落於無邊無際的海平面，海的顏色是我未曾見過的一片湛藍。

朋友撿拾我因慌張而散落的行李，有價值的東西都被偷走了，電腦、皮夾、耳機、交通卡，其中還有一把臺北住處的鑰匙，我難過凝視空無一物的狼狽，也明白那些東西再有價值，都不如獨自一人面對黑影的可怕。

結束了這場莫名其妙的鬧劇，想起自己還沒有好好看過那片海。走回金色海岸，濃霧雖然散開了，還是害怕剛才的黑影再次朝我襲來，我對自己反覆說著「不要害怕」的同時，內心也多了點勇氣。我緩慢走進沙灘，踩下的每個腳印，砂礫將我的雙腳淹沒，浪潮打來再反覆沖散，腳上剩餘的砂礫都在發光。

我蹲下觸摸那些正在發光的砂礫，視線接著陷入一片模糊了，海浪的聲音還在持續拍打，失去意識以後，不知道為什麼，我感覺不再那麼無助。

這一次，我真的能從夢裡醒來了。

一張婚姻平權的海報

那天在Tumblr搜尋一些關鍵字，想要找一些企劃靈感的素材。

不知道是否因為平權婚姻釋憲的關係，關鍵字的搜尋程度，莫名比平時來得更加熱絡，透過Tumblr點進一個充滿設計感的Landing Page，來自台灣設計師發起的「認領海報」活動，我看見上頭標示的西元時間，似乎離現在有點久遠，點著一個又一個Page，好不容易連到這位設計師的Website。

我打開社群視窗，輸入訊息：「請問這個認領海報的活動還有嗎？」

想起這個唐突的行為，不知道為何有點害羞，總是想到什麼馬上就去執行，即便是一件小小的事，都覺得自己真是個行動派的人。好多時候，一個人內心受傷的止血方式，其實也包括了行動和時間點，思想的剎那、改變事件的緣由，現在想想，行動派好像也不算太壞的事。

傳完訊息過了幾天，收到設計師回訊，他笑著回覆說：「妳是在哪裡找到這個頁面的呢？這已經是好久以前的海報了！」

訊息來回幾次，我們並沒有真的見面，但我最後確實獲得了這張海報，他把海報寄放在一間忠孝新生的咖啡廳，是他朋友開的，請我抽空去這間咖啡廳領取，並建議我們品嚐一下他們美味的蛋糕。

我對他說了好幾次謝謝，心想還好海報仍有留存，讓我得以幸運地擁有它。

關係之間，經由A找到B，而透過B發現C。

故事從我在搜尋引擎鍵入關鍵字開始，透過連結，找到A，再與B相遇，最後換到一個誰都不知道的秘密，一切的一切，相遇的方程式是從「主動」開始，如果那位設計師，沒有為了平權發起海報認領的活動，我便沒有機會跟他相遇。

許多時候，你並不知道這些瞬間做的決定將影響未來的什麼，但是「想要」的同時，我們就已經在為未來寫下改變的契機了。

為了找到書本A，首先查書本B，他會指出書本A的位置。
為了找到書本B，首先查書本C，如此下去，永不停止……

——波赫士（Jorge Luis Borges）

離開與回歸

新年春節回望時間，發現是個毫不留情流逝的一年。

細算時間，顛簸著走、平凡地走，仍覺自己好像經歷一場大冒險，伴隨新春到來，好心提醒又是一年過去，租約即將到期，記得搬回臺北的前一個夜晚，我躺在床上凝視天花板，思緒騰空轉啊轉的，對自己發了一個無人知曉的誓言。

我說：「別害怕，妳已經跟從前不一樣了，妳可以的，可以做得很好。」

這些呢喃就像咒語，提醒自己不能再如從前軟弱，我相信自己沒有留在原地，也沒有為周遭否定而淹沒了心願，我選擇與脆弱一同延展，這份抵抗，像是將討厭的事物都拿到眼前一個一個擊破，唯有消滅它們，才有力氣跨越。

隔天早晨，預約好的小貨車，早已在鐵捲門前為我等候，司機憑著健壯體魄來回幾趟，就幫我把傢俱行李俐落裝進貨車，我的行李不多，司機笑說這趟叫車是賠本，小小一台卻裝不到二分之一的空間，我反而心存感激，他確實幫了我很大的忙。

離開前，我對家人說聲謝謝再見，這趟離開，知道回來的機會微乎其微，搬家是我從小最討厭的事，如今卻已談不上討厭，短短一年搬了三次，加上這次，已經是第四次了，討厭的念頭早已隨現實稀釋。

我安靜地坐上副駕駛座，移動過程，把心態重新整理，想著，我要再次回歸臺北的懷抱了。貨車高度比一般車子高，透過車窗俯瞰視角，眼前的畫面變得好寬敞，無論天空、人群，或者小巷樣貌，熟悉到不能再熟悉的街景，漸漸退後飄散，終於要對這個偏遠的城鎮說聲再見。

捨棄舊有的生活方式，不再倒帶重演，令人作嘔的悲傷，已經完全住進我的身體裡面，這一次回歸，來自「我」的真心決定，不再是為誰妥協，此後的我想去哪裡、要在哪裡生活，全部的全部，都是我的決定。

電車停
1

未署名的一封信

親愛的，我們的作息總是顛倒。

嚮往妳的自制力與早睡早起，清晨五點，我依然坐在電腦前寫作，想著從前的自己並沒有那麼著迷星盤塔羅，不知道什麼時候開始養成迷信。朋友說，別輕易依賴那些看不見的枷鎖，面對面要記得好好看著對方，這才是最重要的。

她用溫吞的口吻叮嚀著我：「關係，要有默契。」

不知道該怎麼練習，才能把迷信淡化呢？潛意識的我們沒有太多被愛的自信，只好透過暗示提醒，就像走進一個人的生命之前，也要嘗試見過他的全部。

深夜洗澡完，我靜坐書桌前，頂著一頭濕髮愣著呆，突然想寫下一封信。

計算相識的時間，已經佔據人生幾分之幾，時常眷戀那些天差地別的人，我查了星盤的方位，笨拙地解釋星座，嘲諷自己過度浪漫主義，倘若碰上突如其來的相遇，也能讓我整整無助四十三天。愚痴地以為對別人好，就能為此感覺滿足，或許是太過輕易迷戀陌生的人，自曝脆弱，以至失去自我價值。

那天搭上捷運的手扶梯，瀏覽過往寫下的文章，心緒陷入了一段複雜，我寫著：「關係總是一體兩面，一個人沉浸幸福，另一個人就註定悲傷。」

時光荏苒，看著這些文字，譴責當時的無知，我想問自己：「現在的妳，有稍微長大一些了嗎？」過往我們為求不再墜入重蹈覆轍，選擇撇得一乾二淨，光是應付這些錯綜複雜，就沒有力氣再問幸福與否。

如果我們沒有迷戀上誰，就不會感受到寂寞吧？一旦有了著迷的對象，喜歡的心情就像毒癮，想把孤獨寄託給誰卻不能擁有的痛楚，又或者，只是單純想當一個付出的角色。可是我明白，若未曾擁有，就永遠都不需要負責任。

幾年前妳選擇到海外工作，甚至把我送出的禮物帶著一同遠行，也許我只是暫時把美好鎖進友誼的盒子，斷續地聯絡，知道妳已看過太多我的不完美，應該說，妳早就知道我從來都不完美，抑或是沒有人會是真正的完美。

長久保持舒適安全的距離，變成了一種慣性。

這些日子，妳終於搬回了台灣，我們沒有頻繁聯絡，察覺到跟妳相處的快樂，是那份舒適的「安心感」，我想這應該是朋友提過的默契吧？當我們談及人際煩惱，妳總能成為我最好傾聽。意識到舒適的相處是不必討好，妳說，若是願意答應，就是真的願意；不喜歡的事，也會果斷拒絕，勉強自己去做一件不願意的事情，反而會產生委屈的情緒，妳說，這是維持平靜最溫柔的方式。

知道我們都坦率相信他人，經歷過狠狠傷害，於是最後不敢再輕易投入。

那些被傷害過的，都見過善良的輪廓，成為了互補，即便不斷受傷，依然反覆學習原諒，我多想跟妳一樣活得坦率，在乎的人太多，以至不斷付出來彌補內心深處的孤獨，可是我忘記了，忘記我們難以在別人的世界裡只專心當一種好人，因為連要學會保護自己，都那麼不足。

妳說，要活得自私一點才行，如果我們連自我情緒都無法安放，又怎麼有能力去守護另一個人的脆弱呢？只有把自己整理好，才能擁抱別人。

我們總是在沒有約定的地方頻頻遇見，開門瞬間、街上擦肩而過、臨時打工的場域、甚至連衣服都選了同樣款式，這些偶然成為了友誼的養分，若要從相遇直至這封信為止，我們在各自的人生經歷過多少徬徨，無論如何，比誰都珍惜與妳共譜的時光，今後會繼續帶著這些陪伴，學習成為更堅強的人。

如果妳願意定義它的話，或許是長年以來想對妳說的謝謝。

決定不再輕易傷害自己了，那些必須討好的對象，希望今後再也不會拴住我的心，那個對我說出「要有默契」的女孩，最後認真問了我：「十年以後，妳想擁有什麼樣的關係呢？」

閉上雙眼，思索十年以後……那個時候的我，真的可以變得幸福嗎？

我回應說：「還是想要擁有一個家，想要寫作，然後跟我愛的人一起生活。」

三年前的我曾經這麼說過，現在依然不變，如果能實現這個願望，該有多好。

20
20

十一月二日

是不是沒有香味的玫瑰，就不是玫瑰了？

但是，沒有了象徵，不等於失去原來的面貌，最微小的不過是與他人有著一點點的不同，也許是嚮往成爲一朵獨特的玫瑰，就像B612星球的玫瑰，會在最靠近小王子的距離，綻放出唯一的樣子。

希望有一天，至今爲止長出的刺，能夠輕易拔除，那麼一來，妳也可以透過改變，擁有保護別人的能力了。

十一月十八日

我們的相遇，說起來不是多麼特別。

可惜的是，總會遇見需要細心等待的人，只是這次不再輕舉妄動，學會拉開距離。反覆失約的每一次，都在提醒我們，已經有了掛念的人，旁觀者就不該多做掙扎，這樣也好，慢慢就能忘記「特別」是什麼了。

讓每一首詩，成爲秘密和暗示；讓每一首曲目，成爲掛念的媒介。

十二月二日

轉眼間來到最後一個月份，天氣變冷了，記不得去年做了什麼、發生了什麼，記憶像蓋上一層薄薄的膜，逐漸變得模糊。

重新調整自己，無論家庭、愛情、工作跟朋友，更加珍視身旁的人事物，除此之外，沒有想要的願望了。外貌再華麗，身軀依然衰老，但是成熟與寬容的對待，眞心不會出賣自己。

我們有多麼柔軟地面對生活，就能愛得多平靜。

製造默契

忘記是什麼時候開始，養成了習慣。

喜歡在特別的日子，在包裝好的禮物，附上一支適合對方的原子筆。倘若選擇水性筆，會貼心放入一組補充筆芯，若是油性筆，則是維持單數不變，加購的準則在於耗損速度，水性筆消耗快一些，為了不想那麼快被丟棄遺忘，於是用這樣的方式，試圖多延長一些時間。

偶爾，我也會買上同樣的一隻筆，讓這件事情變成專屬的小秘密。

最初沒能擁有同樣物品，於是主動製造默契，送出的禮物既非客製，也不是昂貴材質，幾乎人人都能輕易擁有的原子筆，為了不讓對方感覺為難，所以選擇樸實的物件，小小一隻筆，握在對方手裡，變成了最靠近的距離。

物件的價值，從送出那一刻就由對方定義，我們只是畫出了起點，如果對方足以珍視，我們或許能從中看見自己的重要性。有的時候，模稜兩可的回答並非不夠喜歡，只是看到的角度呈現不同面貌而已，所有暗示都是暗示，所有逃避也是逃避，只要你能明白，東西只是一個介質，不等於答案。

如果我們想要的，只是「默契」而不是「佔有」，如果我們追求的，是「適合」而不是「滿足自我」，那或許簡簡單單的給予，也能蔓延成永恆。

盲目的浪漫

隔壁房的男子，深夜時常隔牆傳來深沉的咳嗽聲，我猜想他是個長年菸癮的人。

始終不擅長與菸味共處一室，尚未明令禁止公眾吸菸的年代，無論經過城市何處，舉凡騎樓底下、室內餐廳、公共廁所，都能聞到頭暈目眩的菸味，那時我在心裡暗忖決定，未來絕不與抽菸的人共同生活，現在想想好像有點過於天真。

沒有實際形式用來區分原則跟界線，想像往往比較容易。

有時忍不住嘲笑自己的雙重標準，當不喜歡的界線套用於故事情節，標準變得不再是標準，我想起電影裡的主角或多或少會抽菸，厭惡的感覺轉而多了幾分帥氣，當畫面切換到英國紳士，指尖輕夾高貴雪茄，說著一口優雅不羈的英文，高挺卻又過分迷人的鼻子，舉手投足懷著體貼。那是我對於「聞不到味道」的美好想像，這些感受貌似存在，又好像不存在。

想像容易擴散成迷戀，有時候喜歡上一個人猶如錯覺，你不知道看似迷人的狀態放到現實之後，還能不能說得自信？假設這些錯覺將我們帶往現實，那些隔著液晶螢幕嗅不到的氣味，最後一口氣湧進鼻腔，淹沒的是想像或原則？我曾經躊躇過，不抽菸的人和抽菸的人相愛，不知道誰會率先成為妥協。

妥協的角色總是不易扮演，相愛過程若願意為誰改變，我想仍是不甘願之中的甘願吧？又或者是忘我的犧牲。我遇過這樣的人，曾經斬釘截鐵對我說過這樣的話：「如果為對方改變自己，那就不是原本的我了，不偽裝的相處才是最舒服的，我不需要演一場麻煩的戲。」

或許吧，人的本質真的很難改變。

他說的那些話，就像在我腦袋上重重一擊，不勉強偽裝成討好的樣子，相處是舒適，相愛是本質，若真的願意，人幾乎還是會為了擁有，而努力刪減成對方喜歡的樣子，只是在關係之中，永恆依然無法憑藉半調子的心態走完，就像你知道有些癮不只是表面沉迷，而是執著眷戀。

世間最卑微的浪漫，也許是遺忘愛一個人預設的條件，不小心走進「好吧，因為是你，所以沒關係」的奉獻，忍不住打破最初愛人的原則，無論投入過程是否緩慢，或者奮不顧身，我想愛一個人的盲目說不上是壞事，有些時候，人在愛一個人產生理性的那刻開始，多半已從盲目走進了現實。

我們何不在誤闖盲目之時好好享受，趨於平穩之時懂得珍惜？妥協在逐步疊加磨合而成之後，讀懂相遇之初設下的原則，或許不計較的調整也是一種浪漫。

最難的是一起捉迷藏

如果有一天
捉迷藏的秘訣
不需要過多隱喻
多麼想讓你成為優先

你能不能放慢腳步
陪我玩一場
沒有疼痛的躲貓貓
而我必須限定
遊戲的對象只有你

你找到我了嗎
而我也找到你了吧

本質裡的差異

重新描繪這個故事，似乎還能看見她的眼眶帶點淚光，對於那位名叫Suban的女孩，她說，忘記是從什麼開始喜歡上她。

初次見到她，心裡沒有太多漣漪，只是好奇這女孩怎麼可以長得如此別緻，記得第一次跟她出門的時候，因為距離太過靠近，反倒變得有些不知所措，稍稍因為緊張掌心出了汗，為了不被察覺這份緊張，她用力抓著捷運鉤環，假裝一邊鎮定一邊調侃，笑著說：「如果有任何感情煩惱，可以跟我談談喔。」

對她來說，這道問題是個十分重要的測試。

Suban回說：「沒有，沒有什麼特別的感情困擾。」

日益漸增的相處細節，知曉對方更多習慣，變得超乎預期索求對方回應，時常邀請她到咖啡廳讀書，投入自我推敲的溫柔體貼，從沒問過對方喜不喜歡，送上乾燥花、手寫卡片、閱讀過的書，她覺得那樣就好，一天一點總會讓她知道。旁觀者的角色或許早已預見故事結尾，笑說何必單戀一枝花？對方說不定早已察覺到心意了吧？只是不知道為什麼，還是願意維持這份情誼。

隨著時間，那些無法輕易割捨的回憶，默默付出背後，終於在某一天獲得她泛淚苦笑的回應，「妳真笨，為什麼總這麼想不開？」

總說感動一百次，卻不比一次心動。失去聯繫的第十年，終於明白她當時說出口的回問，雙白線的道理太晚才懂，生命的每種遺失，勢必都得扮演過一次相對的角色吧，駑鈍也好、愚痴也好，喜歡與被喜歡，不一定能換到結果，總得學會安撫跟拒絕，也終於揮手告別，從前讀不懂那份溫柔，執著於為什麼問候裡有溫柔的成分，卻無法做彼此生命中最愛的人。

Suban說很久以前就知道，愛一個人，不能在開始就只想當個好人，不能因為不願傷害而歸咎彼此羈絆。她知道溫柔會成癮，只能用有限的溫柔對彼此好，縱使已無法實現更深刻的約定，若想要旅行能夠陪伴，想要回憶可以創造，但就是不能把愛摻和一起。

想對一個人好，卻無法給予更多的好，原來這種喜歡，是不能只懂得成為一個好人。

她問：「星期三跟禮拜三，差異在哪裡？」

Suban回答她：「無論在哪裡，本質都是一樣的。」

從前這世界　我不知道　同時有著你
還不太了解你　但喜歡你
你習慣說星期三或是禮拜三
無論什麼名字本質都是一樣

——《星期三或禮拜三》．魏如萱

十年前，十年後，本質都一樣，只是疼痛的程度不同了。

歌詞描述著從前不知道世界有對方，如今知道以後，卻怕貪圖更多，當我們看見彼此，保持距離也是一種溫柔的守護，最初以為付出是把最好的都交給對方，可惜我們的相遇過於渺小，沒能實現誰的期待，喜歡是不執著佔有，也能用另一種形式得到，我們不過是交會在同一處的善良之人。

這樣的好，體貼著不讓對方知道，原來溫柔都能變得像空氣，那麼無味無色。

祝福

選擇不了的割捨
我來幫你選吧
不必面露愧疚
只需負責擲出結果
如同未曾相遇一樣
必須走得無暇
維持陌生的答案
就沒有人做錯選擇

祝福你了
祝福你了
祝福了

所謂的精選

搭捷運的時候，手機APP隨機跳出了幾張精選輯。

前陣子不經意點開梁靜茹二〇〇六年發行的專輯《親親》，想起傳統網路撥接的年代，連新歌MV都得守在電視螢幕前，才有機會看見最新首播；將喜歡的音樂存進有限容量的MP3，我們珍惜當時有限輪播的曲目，可樂戒指、失憶、小手拉大手，耳熟能詳的旋律，變成了青春最美的暗號。

我忍不住想著，當我們身處的環境存有太多開放性的選擇，專注溫習變得困難渙散。

那份對於容量有限，而縮限選擇曲目的珍視之心，似乎成為了前個世代的面貌，當我們因為科技能擁有更多選擇，我們也漸漸遺忘當時的感受，若用這樣的想法來看待選擇愛情這件事情，我想這份心情也有幾分相似。當我們遇見一個人的分母數，透過科技垂直增加，尋覓到有著相同暗號的人，似乎也變得更為容易，如果我們身體存有好多暗號，直到某天這些暗號都有人讀懂，那大概也是好不容易的相遇。

所謂命中註定，說不定都是藏在身體的暗號起了作用，讓陌生的兩個人有了共通之處，一首歌、一首詩，每個字句引導對方喜怒哀樂，故事的與眾不同，一個人能讀懂，不代表另一個人也能夠讀懂，交換給出的喜悅悲傷，都不是提前安排好的暗示，這不是純粹的巧合與偶然，是一則確定要發生的故事。

究竟喜歡的人要跟自己相似多一些？還是不同多一些？

我想答案已經寫進我們的日常習慣，共鳴的語言轉為暗號，刻意塑造自己成為某個特定樣貌，吸收再多為對方營造的知識氣質，終究沒有辦法讓自己成為自己，相似跟不相似都不是走向愛的唯一根據，只要我們自在就好，喜歡那種「啊，原來你也跟我擁有同樣的地方」的觸動，彷彿對我們說，已經不需要偽裝了。

看似全然不同，隨著相處變得熟悉，而相同之處，也會因為理解變得嶄新。有些習慣，跟著喜歡的脈絡慢慢長出來，不需要糾結相同或者不相同，你只要知道，在有限的容量裡把喜歡的東西存放進去，然後好好讀取，隨著時間，你會明白這些事物，總會因為熟悉而再次存入有限的更新，然後循環播放下去。

慢速

單身的日子，難免還是會遇上心儀的對象。但我也只是保持距離，沒有選擇深入交往承諾，察覺到身旁人們在面對喜歡的感受，總是過分匆促容易，每當互動變得頻繁黏膩，日日聊著過去現在，當故事說完了，轉往現實相處，便能看出雙方的性格迥異。

愛情關係，總體是必須結合理性思考的事情，年輕的我們，幾乎無能為力思考太多複雜性，單憑感覺衝動行事，而後失敗的例子碰上幾回，意識到所有關係不該依賴討好和優柔寡斷，畢竟討好而來的犧牲，都不是心甘情願的調劑。

朋友說，付出是互相，這句話仍是用來點醒盲目之人。

我們都知道「別在愛裡失去自己」的真理，但要知道在愛得如此瘋狂之下，實踐這句話的真意。根據愛情定位，無論是相愛的兩個人、不小心對他人產生心動的一方，或者莫名演變三者的為難，沒有一個角色是無辜可憐，如今面對一個巴掌拍不響的狀態，所有角色都需咎責，如同人人歌頌，不被愛的人才是第三者。

我們必須瞭解愛的本質是流動，未曾拘束，連結的時候，承諾未必能為我們抓住通往永恆的繩索，愛或許是責任也是歸屬，但它本就是自由，我們無法保證任何約定得以約束對方一生，唯一能做的僅有關注「當下」的重要性。

如同佛洛姆於《愛的藝術》曾經說過：「**擁有愛，喜悅與眞理的經驗並非發生於時間之中，而是在當下。當下即是永恆，也就是沒有時間性。**」愛在發生的時候，就已伴隨完成的事實，對方確實愛過我們，而這段愛情裡，沒有人違背承諾。

當我們了解愛的自由性，也該學習在愛裡放慢速度來看一段關係。

人們總在愛的關係之中，索求「被需要」的成分，希望對方能理所當然地需要自己，潛意識的我們，對自己失去了自信，必須透過追求跟控制的行為來建立自我價值，頻繁互動，產生相互依賴的錯覺，容易演變成關係的致命傷。當我們以為感情的觸發來自愛，本質卻只是喜歡，喜歡像是無可救藥的濾鏡，對方的缺點都轉變成優點，不適合也看作適合，我想多數的人或多或少都有這種經歷吧？眼裡的對方變得完美無缺，無論旁人如何相勸，也無法輕易停下盲目。

愛的成分必然包括激情，卻也不能失去理性，我想像中的愛情，緩慢且安然自在善待對方，其中一方付出的喜歡，與另一方的喜歡，兩者應該維持平衡，不多不少剛剛好，無須時刻黏膩，擁有「我在這裡，你在這裡」的信任。

有些陪伴多年的友誼，最終才走到愛情，也有暗戀多年卻疏遠陌生，他日重逢以後，如同王家衛的電影《一代宗師》的電影對白：「世間的所有相遇，都是久別重逢。」，我們愛著一個人的情感，是否經得起時間考驗？現在的我們或許不合適，也許在未來某一天，我們還能重新相遇。

強求的關係並不美好，我們無須執著一段關係不放。所有相愛的人都能夠為自己做出選擇，如果我們願意用理性包覆感性，細細看見，包括連愛上一個人的速度都能有所拿捏，如果在相處之時我們都能看得清晰，走進相愛的關係，就不再輕易抱怨對方的改變，因為你已知曉對方真實的面貌，而對方也能在這些緩慢的互動之間，理解你原本的樣子。

曖昧的線

一道看不見但卻存在的線。

靜靜拉拔，與一個有能力剪掉錯綜複雜的人，共舞著前進後退，每一個步伐都充斥迷惑，放棄的過程難免致人受傷。

許多時候，無法思考過於困難的事，放著不管也很浪漫不是嗎？讓時間投入程度為我們做出辨認，在乎跟善待都是互相，你知道總有一個人負責選擇，而另一個人負責擁抱。

勉強自己的陪伴，不會真正踏實，拼湊之時，最終只會釀成遺憾。

憂傷中的快樂

「有許多快樂是只能在憂傷中得到的。」——《言花》

難過的時候，這句話就像咒語一樣，我會對自己說好多遍。

無法跨越也無法退後，我們只能忍耐，偶爾在對方施捨的溫柔，得到一些疼痛的副作用，雖然痛苦，但我們很難用一時的快樂悲傷作為判斷，喜歡的立場總是模糊，無法阻擋苦痛發生，有時扮演被傷害的一方，不會意識到其實對方也很難受，唯有某天變成其中，才會瞭解對方當初的痛苦，然後我們也慢慢懂得原諒。

接受，也是生命必經的階段。

喜歡的印度哲學家薩古魯（Sadhguru）談及「痛苦的根源」是這麼說的：

「對於可能與不可能的回答，人類經常在追尋的過程，追問爲什麼不能擁有？這些追求的意識正在摧毀我們，能與不能，通常是大自然的事，大自然誕生的過程，不會問我們爲何如此發生，如同我們不會特別去問花爲什麼會開？鳥兒爲什麼能夠飛翔？這些如同呼吸般自然的萬物，我們該要理解這就是生命自然的狀態。

我們能用過往的生活經驗作爲基礎，來決定一件事情的可能與不可能，迄今爲止，未曾發生過的事情，也許未來的生活不會眞的發生，但相對來說也有可能發生，所以什麼是可能？什麼是不可能？大自然會做出決定。」

我們只能問什麼是自己真正想要的，並且為之努力。而那些讓人感覺痛苦的，往往是想要的事物沒能按照我們理想發生。

比如喜歡一個人，卻無法擁有對方的心意，我們為無法相通的回應感到椎心之痛。關係一旦放入「最好」的字彙作為比較，我們的喜歡，就有了自卑與優劣之分。但真正的最好，應該是只跟自己比較。我始終相信，那些為愛努力過的價值，也一定是此生最無可取代的，那些痕跡，總有一天會帶我們通往一個人的溫柔懷抱。

因為有了這些憂傷，才懂得什麼是快樂。

想念是失去的紀念品

原來，每個想念的成分都是一樣的。

今晚氣溫很冷，室外迴響著屋簷被風吹得嘎嘎作響的聲音。喜歡十二月的冬季，坐在書桌前哆嗦，即使穿上外套也還是冷得教人顫抖，我低頭仔細盯著電腦螢幕，斟酌書寫節奏，停下敲打鍵盤的手，讓腦袋獲得一點換氣空間，發呆片刻，偶爾會想起你，一年前我們曾頻繁對話，確切理解時間流逝並不是毫無作用，現在回想起來，交換訊息是很靠近的事，輸入中、送出、已讀，然後獲得回覆，所謂來回，必須是兩人交換才能持續發生的事，是一份願意加上另一份願意。

「你過得還好嗎？」

如果能再重新相遇的話，我最想問你的問題大概是這個吧。

地球上有七十億個靈魂，或許都在等待相遇發生，沒有條件、沒有前導、沒有預兆，如果說，無數人潮能尋見背影，接著就能確定那是某個人，我們或多或少都會變得失控吧？如果有一天能夠遺失這份瘋狂的感受，我想就能從這份想念完全解脫。

劃下句點的時候，我們就不再更新對方的未來，回憶把過去的我們留在軌跡，再也不是能與不能的問題。我試著在年末的最後一個月，偷偷為故事結尾許了個願望，想著這肯定是最後一次了，如果能在臺北某個地方遇見的話，我會提起勇氣說出一聲：「你過得還好嗎？」

雖然這個願望，到最後也沒能實現。

曾經的不懂事，稍微也有些釋然了，有些安放並不是靜靜等待，當我主動調整，周圍一切也能跟著產生改變，當我變得不同，身旁的人事物也會回應一切，以自己作為改變起點，然後他人也能隨著自己步伐，走到相對的位置。

就讓每一份想念跟和遺憾，成為來不及道別的紀念品。

沒有

有些霧沒有散
有些海沒有岸
有些想念沒有你

當我們好不容易
成為一道
不必交集的光

而我也無須
再對妳叮嚀更多

要幸福
要快樂
要愛自己

20
21

一月十四日

面對批評、抱怨揚起的自負，往往阻礙了成長的可能性。

人的本性難移，若能透過旁觀來看見優缺點，也是值得慶幸的事，總比一輩子都察覺不了，活得滿身自負又悲哀。

一月十六日

一加一，保持獨立，卻又因爲對方的存在而變得更加寬廣。

不必時時刻刻一起，想念的時候就相伴，既是相連也是獨立，相信不擁有也是擁有的一種，至少成爲朋友，就不會眞正失去了。

一月十九日

透過時間慢慢拼湊回來，然後可以原諒、可以不再糾結，終有變得柔軟的一切，知道想要的是什麼，就會比較珍惜現在擁有的。

比方平靜、比方簡單的那些。

最想要的

生命中有兩個時期，陷入比較深邃的憂鬱。

糟透的身心症狀，診斷出焦慮、憂鬱，以及強迫的三者合一，這是我第一次感受到「啊，原來我真的生病了」的事實，想起來不可思議，雖然早已明白黑狗藏進我的身體，卻想著不過是自我寬容的說法，我應該離所謂的心病很遠。

幼時的記憶，媽媽時常不在家，「爸爸」的角色在我的成長期間並不存在，我像魁儡般自動抗拒回憶，那些破碎的片段究竟置放幾歲之間才是正確的呢？每當談及幼年，腦袋多半處於一片空白，好像未曾擁有這些回憶。

隱約記得小學二年級開始，必須學習一個人看家，沒事就找事情打發，最喜歡回家的時候立刻打開冰箱，把製冰盒的冰塊敲下來慢慢咀嚼，一邊看電視一邊完成作業，沒事就畫畫聽音樂。家裡最常出現的水果是柑橘，電鍋裡有時放了幾盤媽媽燒好的菜，說不定從那個時候開始，我心裡的黑狗就慢慢長了出來。

我喜歡在睡前進行「拔頭髮」的儀式，把頭髮一根一根拔下來，然後把它們收集成團，捏在手裡把玩。早晨媽媽回到家的時候，會叫我們三姐妹起床。

有一次她終於問我，床邊匯聚的那團頭髮，究竟是怎麼回事？我笑著回答她：「我不知道。」

我猜，可能我一直很希望她能主動問我，那團頭髮是怎麼回事。

小學二年級，我偷過朋友的四十塊錢，我還記得手裡拿著那四個十元硬幣的溫度，老師為此打電話給媽媽，說我的行為很糟糕。後來媽媽用水管狠狠抽打我一頓，我看著自己腳上鞭痕，放聲痛哭，我似乎只能哭，很用力地哭，哭完以後媽媽會幫我潤上藥膏，隔日我把衣服穿好，乖乖走路去上學。

我其實沒有想要那些錢，但我不知道為什麼要偷竊，明知道偷竊是不好的行為，可是我看著別人能夠買喜歡的巧克力麵包、訂學校的羊奶早餐，我應該是有一點羨慕，可是我幾乎沒有拿過零用錢，所以我的同學時常嫌棄我不能跟他們一起去福利社，後來也漸漸不找我玩了。

當我穿上可愛的裙子，媽媽會幫我紮上雙馬尾的髮型，依稀記得男同學喜歡扯我的馬尾，其中一個是班上很受歡迎的男生，他長得帥氣，運動細胞也很好，有一天老師在課堂上發問：「你們知道陸地跟海洋是怎麼來的嗎？」他充滿自信地舉起手回答，我覺得那樣的他，看起來閃閃發光。

除了受歡迎的男生會扯我的馬尾之外，另一個坐在我前面的男同學，知道我偷偷欣賞那個男生，他開始在墊板上吐口水，接著把沾滿口水的墊板放在我的桌子上，我還記得拿開墊板後散發出的噁心口水味；他也曾拿著小天使鉛筆，用力插進我右手腕，拔出來的時候，傷口混著炭筆的黑漬，還有流不完的血。

他不是唯一這麼對我的男生，也會叫別的男同學一起欺負我。

記得老師看見我的傷口，面無表情帶我去保健室，當下我沒有哭，只是凝視出血的傷口發楞。現在寫下這些回憶，敲打文字的我沒有太多情緒，只是心還是有些酸酸的。即使到了現在，仍能從皮膚表面看見碳粉透出的痕跡，灰灰的，看久了有點不太舒服……現在說起這些事情，說不定也還是會想哭。

小學的我喜歡在洗完澡後，倒頭將垂下的頭髮吹乾，因為眼淚有時候會流下來，吹頭髮的時候，機器會發出很大的聲音，所以就算哭泣也沒關係。

我曾經在不要的國語作業簿，寫滿了「為什麼我會這樣呢？」那些醜陋的字，瘋狂紊亂，所有的筆跡疊合在一塊，紙張上還有很多乾枯的淚痕，我想起自己收集過頭髮、硬幣、傷疤、無聲的眼淚……明明擁有過那麼多東西，可是我卻從來沒有收集到最想要的。

Maybe Someday I will collection of love?

逃跑

殼裡
也還有殼
如同剝開後還在
一次又一次
弄傷了被愛的好意

殼應該
怎麼敲碎

磨碎的憤怒的脆弱的
交換那麼多
不值得掩飾的粉末

任性的人
最後只能放任被傷
不能拖著自卑的殼身
去愛上一個
真正愛上自己的人

花語

如果可以，想親見櫻花盛放。花色斑斕，象徵純潔高尚的花語，理解紛飛必然迎來離別，短暫盛放的花季，任憑散落卻無法佔有。

傳說櫻花沾染上的粉嫩是逝去武士的鮮血，歷史活成壯烈犧牲，逝世之前所堅信的精神未曾消失，相信靈魂不滅，只要世上還有個人能掛記留存的故事，靈魂的雛形就還能活在我們的心中。

活著之時，從來沒有人教會我們怎麼靜心面對死亡，總是覺得死亡離我們好遙遠，不知不覺，我們在抗拒死亡的發生，久而久之變成了避談的存在。

喜歡《鋼之鍊金術師》想要傳達生命之於「等價交換」的真理，生命無法重新鍛造，無論遞上何種交換，都無法替代摯愛的靈魂。作家平路說過：「**每一個人都是遙遠的**

國度，再靠近另一個人的時候，就像在靠近峭壁一樣，我們試圖抵達對方的良港。當我們知道靠近有多麼困難，就已經在抵達對方國度的路上了。」

你帶著真心走進了對方心房，靈魂在我們身體裡留下了刻印，當你悔恨遺憾，或者來不及在最後道聲再見，但我們著實把對方記住了，如果問起失去所愛還能不能再好好去愛？我想說一定可以的。

你要記得，如果有人願意愛你，記得別把他們趕出心房，生命且短且長並非人們決定，我們唯一能夠掌握的是靈魂經過的痕跡，卻不能夠改變活著的時長。當你知道死亡後的世界，「我」的痕跡不會消失，便成為了我們活著的證明。

陪你生活的人

日劇《四重奏》（カルテット）中，劇中角色以安慰的口吻說著：

「我們不是用一樣的洗髮精嗎？雖然我們不是家人，但我覺得那裡是妳的歸屬，頭髮散發同樣的氣味，用同樣的碗盤，同樣的杯子，我們的衣服，甚至是內褲，都是一起丟到洗衣機洗的吧？這樣不也很好嗎？曾經一面哭一面吃飯的人，一定能活下去的。」

我們以為生活一起的人，必須是愛人。

後來發現真正愛你的人，願意默默陪你生活，他們不一定全心全意只有你，可是不會忘記你。挨餓的時候，買來一份好吃的鹹酥雞；低潮的時候，陪你看最愛的電影，深夜無預警的來電，只願接起你的悲傷。

這樣的對象，是一個願意愛你的人，可能是家人、朋友、寵物，那些未曾離開你的角色，能成為活下去的意志，當我們在面對失去，便能體悟到現在擁有的一切，原來，並不是無依無靠、憑空發生。

或許活成孤獨的人，容易對愛產生依賴性，你知道這只是一場考驗，作為孤獨的人活著，必須確實為自己的生活負責。

要相信——曾經一面哭一面吃飯的人，一定能活下去的。

安全距離的雙眸

攝影師的眼眸，就像一面誠實的鏡子，映照最真實的樣貌，透過鏡頭對焦、屏息凝視按下的底片膠卷，不再是肉眼輕易所見，眼神與靈魂，還有心的形狀，都能透過成像看見脆弱的部分。被拍攝的角色，會不會輕易愛上拍攝者？過於親密產生的化學作用，如同荒木經惟跟陽子的故事，他曾說過：「我的攝影人生，是從與陽子相遇之時才開始。」

相遇，聽起來是足以撼動生命的事。

面對喜歡，以對方起始，生活也是，為了對方活下去的意念，過去我曾擁有這樣的心情，愛情的等價交換，需要的成分原來是堅強，是願意承受傷害的堅強。

想要被愛，所以我們把真實的自己交付出去，愛也許跟攝影一樣，讓瑣碎的事靜靜流淌日常之間，睡覺的模樣、不修邊幅的模樣、生氣還有喜悅，所有的所有，按下快門的次數，等同愛著一個人的份量，回歸創作也是，想要為誰而寫，想將某個瞬間用文字紀錄下來，透過創作，比起單純抒發，不如說錯過某個瞬間，記憶大概就什麼也留不住了。

所以我擁抱作為一個無名的書寫角色，不單純只為創作，而是站在人間觀察，保持能夠沉默流淚的安全距離，透過攝影、書寫、還有紀錄他人的靈魂，我擁有的是一份安全的距離。

曾經我對創作的角色感到卑微，看著別人成就，築起一道又一道的高牆，懷疑自己究竟可以成為什麼，而每一次接收到美好的作品，不知道為什麼眼淚又不自覺潸然流下，曉得這份眼淚來自肯定與卑微的雙重切換，我對自己太過模糊了，模糊到只要看著別人綻放，就會想要掉淚的程度。

所以我決定好好練習，作為一個觀察的角色，練習在生活之間按下一次又一次的快門，憑著不起眼的角落，抓住世界與我之間重合的角度，找尋喜歡的一隅，透過雙眼，藍天白雲、光影、喜歡一個人的側臉和表情，好多好多，我想把喜歡的東西都小心翼翼記錄下來。

當一顆自由的心，不再拘泥著「追求認同和被愛」以後，才會是真正的解脫。

我不能只是在乎別人怎麼看待，也不再將自己好壞全都交付他人定義，透過反覆練習，感受我跟每個人之間的安全距離，這麼一來，創作的過程，也確實讓我與每一個人事物都好好相愛了。

不要成為之外的存在

不要追逐無法回應的人，讓他們好好去愛別人；如果有人想對你溫柔，不為任何利益，而你所擁有的，他也已經擁有，而他沒有的，也不會任性從你身上攫取；你其實早已聽出這通電話的來意，也知道訊息間曖昧不清的暗示。

人不會莫名無故傾訴自己的故事，請把自己留在對的位置，遏止複雜的優柔寡斷，關係若從三者出發，那麼故事在起點的時候就已變形。

如果知道有些未來不該發生，那你也應該明白最初該怎麼走散。

不能戳破的晚安

假裝是懂事的人
為難時候退後兩步
保持適當距離
就看不清楚誰比較悲傷

即使溝通渠道剩下一種
卻再也不被點開的溫柔

今天明天都失眠
星期一又得重來一遍
無法擁有的自憐

晚安晚安
還是想說一聲
不能再說的晚安

孤獨的從眾

督促自己午夜十二點前梳洗完畢，規律生活得從決定養起，好與不好，無法因誰好心規勸而努力改善，旁人提點，充其量只能視作體貼，最多最多只能這麼做了。

新遷的租屋處，巷口兩旁各有一間早餐店，一間是舊式的傳統裝潢，招牌是記憶中常見的配色，為了滿足尖峰時間的需求，煎台旁總會放著提早完成的三明治，時常看見櫃檯站著熱情招呼的阿姨們，一人看顧煎台，另一人幫忙點餐，她們親切地一聲早安，總是填上濃濃的人情味。

另一間是新式的早餐店，裝潢新穎，菜單上琳瑯滿目的品項，讓我不由自主冒出了「樸實的組合，已經滿足不了現代人的口味呢」的想法。

時代變遷，掩蓋不了新舊汰換的事實，稀奇的事物出現，取代原本變得習慣的存在，這些感受終會在我們的記憶上覆蓋。我知道的，有些東西就算汰換了，也還是充滿了暖心的回憶，就像現在的我們，還是很喜歡復古的彈珠檯、阿公阿嬤看顧的雜貨店、小學時流行的黃色學生帽，產生的共鳴，都還是令人懷念。泛黃的記憶，就像一只沒有寄件地址的時光膠囊，差別只在挖掘方式的不同。

面對替換，難免有捨不得的緬懷，形成沒能跟上時代腳步的焦慮，於是人們爭先恐後搭上時事話題，或許社群潮流是最好驗證這股現象的地方吧，流行時事、排隊名店、熱門打卡點……我們的思緒好像變得隨波逐流，不再擁抱自己的獨一無二。

身而為人，我想多少還是會害怕被「現在」淘汰吧。

迎向死亡，後悔當初怎麼不願意嘗試更多，生命流淌至後半幾分之幾，不曉得為什麼記憶總會複習懊悔的事，脆弱為我們揭開，並且一一重演，過往掩護自尊心的刺痛感，讓關係釀成了裂痕，無從抹滅的羞愧感，狠狠燒在心上，猶如《一代宗師》

的電影裡頭，宮二這麼說過：「人生若無悔，那該多無趣啊。」

我們究竟是看穿遺憾，還是故意活在淘汰的恐懼之中？後悔始終都在一念之間。

維繫

頻頻確認
行經的痕跡
只要不刻意戳破
迷戀終究會褪色

來日方長
距離是該走成遺忘
保持適度沉默
就不需回應誰的溫柔

讀透了一個人的殘酷
從今以後

連一釐米的溫柔
都不敢奢求

怪胎

不喜歡無色的白開水，帶有太多氯的氣味；不喜歡過度黏牙的餅乾，清理起來特別麻煩；不擅長爾虞我詐的人際場合，嘴角緊繃得讓人深感疲憊。

每種固執都怪得不知如何應對，討厭一個人，也能無所顧忌刪除、置放不管，曾用信任深掘的東西，遺失之時也會加倍難受，儘管看不出一絲紛擾，驕傲有時會提醒我，別輕易曝露太多脆弱，除了自己之外，再也沒有誰是真正無可取代。

對一名怪胎而言，那些不願失去的東西，不該超過單手能計出的數量，因為畏懼丟棄，所以最後都不會真正留下，那些映在腦海的優柔寡斷，伴隨優越感恣意傷害，甚至討厭無法說出「不想要」的自己。

種種從別人嘴裡吐露的怪異批評，都當作一種讚美，越是膚淺，就越能感覺這份獨立，沒被看透都是一件好事，代表我們無需耗費太多在對方身上，我們不會談論生活、交換秘密，也沒有必要對彼此誠實，重要的是，不再為情緒起伏而感覺犯錯什麼，就像別人對我們的評論也只是表面戴上的面具。

事實上，一個人評論他人的樣子，往往也能夠看出一個人的層次。

雖然身為怪胎是活得有些迴異，卻不會輕易表露嫌棄，當人們的童年被照顧得完整，自然也無法同理不夠完整的經歷。誕生之初就保護得很好，讀不懂痛楚，傷人跟驕傲都是無心的說法，沒有需要解釋的成分，有時甚至相信那些太過完整的人，反而多了些可憐之處，憐憫世界讓他太過完美，完美得只能看見表面和平。

此後發現再也沒有一首歌比Radiohead唱得更能容納每一個怪胎了，當你只想逃離，才發現城市從來都容納不下我們的汙穢，你不屬於這裡，是啊，你從未屬於這裡。

《Creep》

When you were here before
Couldn't look you in the eyes
You're just like an angel
Your skin makes me cry

You float like a feather
In a beautiful world
And I wish I was special
You're so fucking special

But I'm a creep, I'm a weirdo
What the hell am I doing here?

I don't belong here
I don't care if it hurts

I want to have control
I want a perfect body
I want a perfect soul
I want you to notice

When I'm not around
You're so fucking special
I wish I was special

But I'm a creep, I'm a weirdo
What the hell am I doing here?

I don't belong here
She's running out again
She's running out
She's run run run running out

Whatever makes you happy
Whatever you want

假如你非常想要讓自己的作品和其他人的不一樣，每當你碰上岔路時，
不要去想應該往哪裡走；你要自動選擇最難走的一條路。

別人都走在最容易的路。

——理查．賽拉（Richard Serra）《藝術家在做什麼？》

偽善者的痕跡

前陣子幫一個朋友進行了生涯諮詢，同時也是練習自我認知與探索。

試圖讓對方心態變得積極起來，坐在她的面前，為她分析同時，好像也在對自己的內心喊話，我對自己說出來的話，顯得有些遲疑，透過旁觀角度引導對方相信她是那麼地好，並不是容易的事。

對話進行到一半，試圖在沉重的氣氛放入一點柔軟，知道自己將要說出的話，像是舉起一把槍，對著對方最脆弱的部分進行無情掃射，卻必須佯裝自己沒有半點遲疑，活脫脫像是一個偽善的惡人。

韓劇《雖然是精神病但沒關係》裡，女主角對著男主角瞪大雙眼，諷刺猙獰的美麗面貌，重複吐出關鍵的三個字：「偽善者」，那一聲一聲重複說著，精緻的臉孔之下隱藏著壯麗悲傷，同時也深深烙印在男主角內心，是啊，她說的其實也都沒錯。

「偽善者」，或許社會的人多數如此，勉強自己笑、學會討好，那已是別無他法的事了，敬畏攻擊自己的人，卻霸凌手無縛雞之力的人，所謂欺善怕惡大概就是這樣吧。

去年參加一場新書發表會，有位讀者勇敢舉起手，接過檯上遞來的麥克風，她說：「如果我不先孤立別人，那麼下一個被孤立的人就會是我，所以我就開始跟著欺負別人了。」聽完她說的這些話，不知道怎麼我的心感到一陣苦澀，難過同時，也真心佩服她誠實面對自我的勇氣。

我想，如果要人們回首犯過的錯，並不是每個人都有承認的勇氣，關於霸凌、攻擊、自視甚高的惡言相向，種種不認錯的態度，說穿了是無法倒退的惡意，若我們真的在別人生命落下的陰影活著，那何嘗不是一件痛苦的事呢？

你曾經這樣對待過別人嗎？如果能夠重來，但願犯過錯的別一錯再錯。

因為傷害的痕跡，會成為他人難以抹滅的惡夢，也許對別人溫柔，自己也不一定會幸福，但是對別人殘忍，那股刺痛會長進記憶，永遠都擦不掉的那種。

無聲的寂寞

是妳告訴我，已經不能再像孩子那樣害怕孤獨了。

破舊的布偶，如何心愛也要懂得回收；發燒的苦楚，沒有人為我們撫摸發燙的額頭。變成大人後，無可厚非地學會接納殘酷，好不容易擁有少許歸屬感，卻又得重新修煉世故。記得某個專訪聽過一個女歌手說，生病的時候，任何來電跟訊息都不會接，只是把自己關在房間，孤零零與眼淚纏鬥幾天。她說，人在生病當下心會變得很脆弱，不知道為什麼眼淚會拚命一直流，什麼都不想要，只希望能與世界保持距離。

我有一個香港朋友，大學時期我常與她透過Skype聊到深夜清晨。

無論是她來臺灣自助旅行，或是我飛去香港，雙方總是盡自己所能參與對方行程，記得有次她細心安排幾位朋友陪我去海洋公園玩，不擅結伴成群的我，想起來也還是覺得心暖。尤其喜歡跟她用訊息聊天，思想年紀都比我成熟一些，聊起天來很安心，當我意識到已經變得習慣與她聊天，才發現這其實是排解寂寞的方式，在那之前，她似乎早已先行安撫我的焦慮。

每年我生日，她總會為我千里迢迢送來國際包裹，裡頭總是裝著巨大的玩偶，還附有字跡凌亂的手寫信，我問過她，為什麼送我這些玩偶？想著這樣少女情懷的禮物，好像與我倔強的性格有些出入，我笑說自己不像是個會需要玩偶的人。

她說：「這樣妳就不寂寞了。」

接著又說：「知道嗎？其實兔子會因為寂寞而死掉唷。所以，送妳兩隻兔子的玩偶，其中一隻是我，另一隻是妳，這樣妳就不會寂寞了。」

我當時愣了愣，沒有再回應更多，好像內心被看透了什麼。再過了一年，她又寄來一隻柔軟得讓人捨不得離開的綿羊抱枕。我問她，綿羊又是什麼意思？

她說：「這隻綿羊，不知道為什麼看了就覺得跟妳好像啊，就是妳啊。」

習慣性佯裝堅強的我，好像被這些玩偶收服了。或者，早已被她看得清清楚楚，透過訊息，扯下偽裝不良的硬殼，她不經意傳來的話，隔著螢幕，防衛機制似乎失去作用，我只是想，原來在我的世界無法輕易見到的人，隔著這片海洋，能讓我輕易褪下堅強的面具，那些直至清晨累積的寂寞，原來那麼誠實。

那些我因孤寂吶喊的無聲求救，早已經不小心跑進她的世界裡了。

孤獨的拋與死

時常還是會難以掩飾，努力超脫，卻還是走向徒然的日子。

睡眠比例讓作息逐漸失衡，再度換了藥物的新配方，服用以後，意識像裝進一個泡泡，腦袋與世界產生隔閡，聲音變得越來越安靜脆弱，棄權求生的纏鬥，如同埋下一顆不會開花的種子，任憑潰爛，那即將發芽的臭。

鬱鬱的時候，我想剪掉這些，把所有起伏不捨一個一個剪碎，再丟入海洋，我想關掉敏感憂傷的偵測系統，不再為誰的話語忐忑難過，捍衛自尊同時，也扼殺了堅強，擁有真心也有憤恨，或許沒有決定，也沒有更多。

我們只看見中間那一道難堪的牆，卻看不到任何彩虹與鏡頭。

沒有誰是自願躲在泡泡裡，只是沒有勇氣跨出去，房間越來越漆黑，視野越來越狹窄，孤立到極致，肉身也會被陰影給吃掉。

小小的缺氧的，活著的紋路像是破了一個洞。

指輪

當他開口問
一張白紙能跨越什麼
我說那是視為陪伴的象徵

相異相同
細碎卻不產生自卑
只是想要留下來生活

當他接續按下指紋
就已經讀懂了一個人的決心
終於在紙張裡
演成了最好的我們

20
21

二月七日

夜晚的信義區，添上燈飾點綴，晚風吹得激烈，想好好拍下刺眼的光芒，身體卻冷得顫動，沒能對焦完全，我能感覺發自內心，愛上這座城市所有不經意的角落，彷彿世界永遠存在著人們各自認知的美。

那天訪談時分享了自己的生命故事，過程有哭有笑，當然也有釋然，悲傷的曾經，肯定是透過一次又一次地說出來，變得願意接納自己的瘡疤，即使不再追求完美也沒關係，我想擁抱脆弱的自己，對她說，「妳已理解活著最困難的部分」。

若非過去，也不會擁有現在，我們都為昔日哭得狼狽，如今學著迎接生命的考驗，總有一天回歸生死原點，唯有「好好活著」才是生命最好的一張處方箋。

刪掉、替換、改變，所有儀式都是自己的選擇。

二月二十五日

如果我們都只看見最基本的事，那麼我們可能會一直待在原地，人本來追求的終點各有不同，無論高處平凡，我都清楚，只要多擁有一點價值，我就能有所選擇。

記得別人的視角，永遠跟自己看到的不一樣。

不怕犯錯

看見別人都很好，不知不覺，也都忘了接納自己的好。

走進人潮擁擠的電梯，自然成為負責按下樓層的角色；若與誰出遊，習慣走在隊伍最後；若需要團體分組，也會選擇成為報告的歸納者，別人的印象裡，是個習慣統整的人，是追求乖寶寶的角色，是個凡事正確，就以為能避免錯誤的念頭，不喜歡失敗，說起來也討厭失敗，用嚴苛的眼光審視自己，也同等要求周遭，我像一根針，刺進他人無數，不管刺向別人或是自己都好，已經漸漸變得無所謂，我不再在意疼痛，只有一個念頭：想讓一切都落幕。

那種真心想把一件事情做好，才發現所有不好，都是從過度追求「好」的念頭開始。

理所當然追逐滿分，當然也容易察覺不完美，不管從哪個角度看來，完美始終是折磨自我的最佳壓迫，因為做得不夠好，覺得不值得接受讚美；因為求好心切，才發現不一定人人都喜歡極致。犯錯對我而言變成一種罪責，我努力在不完美之間，挑出所有的錯，直到這些失誤都不再輕易發生，我曾以為這是最好的，直到最後，我發現是自己讓自己失去了犯錯的彈性。

共事過的上司曾對我說過：「犯錯很好，至少擁有不怕犯錯的勇氣。」

至今為止沒能將他說過的話融入意識，多年以來的固執，調整自己是一件不容易的事，意識猶如活成了細胞，想起這些話，仍會下意識選擇偏離自己最遠的回答，因為我知道，最靠近我的選項，我還是會害怕讓選擇走向失敗。比起真正的「我」去承接選項最後的結果，我更願意接納別人做出的選擇而導致的失敗，因為我知道，只要是為了別人，我就還有修復的堅定與勇氣。

那份為了別人活著，為了他人而犧牲的想法。

一次又一次的漂浮不定，我像只不自由的風箏，我正在飛，卻也無處可飛，我留在別人的掌心，假裝恣意翱翔，以為自己是快樂的，以為只要逃避責任就能不再迷惘，但內心像是破了一個洞，像是永遠都補不回來。

最淺也是最深

讀綺貞的字，總能讓我的情緒沉澱下來。

《不在他方》的第一百八十頁——「我」意識到自己身體的需要，反應、欲望，和能力，我活著，我是我自己：我看了看鏡子，如此確定。

＊

誕生之初，我們沒有任何依附作為正確借鏡，學習往往需要認可，我們難以計量從他人身上獲取的認同感，甚至無從判斷需要多少份量才能滿足稱讚的慾望，越是缺乏安全感的人，越是喜歡透過不符邏輯的行徑博得注意，那時我不明白，引起關注的本身，原來是不安的狀態。

相信後天世故的養成，或多或少也塑造了命運，有時候需要加倍的努力，安放兒時缺乏關注的回憶，推翻「自我」其實是件殘忍的事，學習和解那過往不願放下的自尊，將長進身體的習慣慢慢撫平，直到回憶超越苦楚，才知道這一切都是為了重新珍惜自己。

*

返鄉公投的日子，接受了一個陌生人的幫助。

她說上午已經順利投票，能夠載我到幾個城市外的投票所。快速道路塞滿了車，匍匐車陣之間，我們談論了關乎「喜歡」與「不喜歡」的話題，過去我們都扮演過被丟棄的角色，經歷了修復的時光，學會接納受傷的循環：發疼、結痂，再癒合。

她說，現在已經有了格外珍惜的人，想要好好對待。坐在副駕駛座位的我，為她感到開心。

這是場陌生短暫的交流，心卻格外輕鬆，對彼此來說，我們是雙方生命裡沒有負擔的經過，有些秘密，對陌生人說出來比較輕鬆，甚至連責備跟錯誤也能坦然接受，當我們侃侃而談曾經的傷疤跟缺憾，才發現對一個陌生人承認不足，原來並不是件極其困難的事。

為什麼對著熟悉的人，我們總是無法老實說出真心話呢？那些不夠瞭解的瘋狂，讓我們錯過太多溫柔的時刻。每一次閉上雙眼，浮現的盡是遺憾的畫面，迂迴在不管如何修復都無力彌補的片段，原來每一個受傷的人，追求的僅僅只是一句原諒而已。原諒自己、原諒愛過的人，原諒愛過的人所愛上的人。

那延伸至今的種種錯誤，讓我們深陷混濁，如果可以，甚至希望記憶都有保存期限，總有一天，希望所有的疤痕都能不留痕跡，那些美好與否的回憶都能過期消散。

*

當我們終於不再經由被愛的話語來獲得救贖，輕輕攤開自己之時，也能忘卻自卑。相互理解並不容易，你觸著自己肌膚的紋理，肉身的恆溫，那些都是能夠感知的事物，若知道自己的心是那樣無依地佇立著，你明白愛一個人的同時，也是將最脆弱的部分交給對方。

「It’s a metaphor, see? You put the thing that does the killing right between your teeth, but you never give it the power to kill you. A metaphor.」（這香菸只是個象徵。你瞧，把可以害人的東西放在你嘴裡，但卻不給它能傷害你的力量。這就是一個象徵。）——《生命中美好的缺憾》（*The Fault in Our Stars*）

認知到自己是為了什麼疼痛、為了什麼而活，因為你知道，所以，你不再只是一具失去愛人的空殼。

大人的儀式

心情煩悶的時候，我會透過整理來獲得平靜。再一次回到獨立生活的狀態，我眷戀於打掃的從容，不慌不忙，提醒自己「平靜」是最好歸屬。

小時候的我其實很討厭打掃，總得媽媽百般叮嚀才願意動手整理，小孩子好像都活得特別叛逆，若不是自願，通常執行時都會帶點委屈任性，那也可能是我還沒能理解打掃帶來的平靜，是一種很難表達，卻能樂在其中的療癒感。

獨自生活之後，開始察覺到斷捨離的心境變化，這樣的「獨立」就像一場變成大人的儀式，我們終於能為自己選擇喜歡的東西，無論床單顏色、生活用品、家事的優先順序，不再只是一個被動完成家事的孩子，再也沒有人會對你叮嚀著「記得洗衣服、打掃房間」。獨立生活的日子，只有自己能把自己真正照顧好，不管下班之後如何疲憊，都還是得憑自己的雙手整理乾淨。

喜歡拿著吸塵器將地板上的毛髮，整理得一塵不染，也喜歡用清潔劑噴灑浴廁的每個小角落，當空氣清淨機發出轟隆轟隆的聲響，感覺房間變得充滿綠意。這些「主動」的選擇，都訴說著我已經具備能力照顧自己了，不需要依附他人，偶爾我會對生活有所感激，謝謝今天有能力照顧自己，即使沒能將一切都做得很完美，至少今天的我，又獨立活過了一天了。

我堅信定期打掃的必要，就像把心裡發霉的秘密拿出來曬一曬，陽光總會把這些潮濕陰暗曬得消散，當我們不再抱怨日常與自己息息相關的事，是否也意味著，我們真的成為了能對自己負責的大人了？

溫柔的眼神

「You don't know why you are attracted to some people and not others⋯」

聖誕節前夕，重新複習了《因為愛你》（Carol）這部電影。

Carol跟Therese初次相遇的場景，那份必然保有距離的若有似無，卻又不知道為什麼，雙方看著彼此的眼神多了幾分溫柔，前進後退似乎都成了為難，導演說，這不是純粹描寫女生喜歡女生的作品，而是希望能闡述「愛情」的本質。

無限個相遇之間，只專注對一個人發展出愛情，我們往往很難說出「為什麼會是這個人？為什麼不是另外一個人？」問題的背後，通常找不到正確解答，朋友曾經問說，如果能說出為什麼喜歡這個人，會不會只是看見自己想看見的部分？好比明明喜歡吃甜食，卻為對方喜好扮演成不愛吃的樣子。

蛛絲馬跡之中觀察對方的改變，記得再怎麼忙碌，也不忘凝視愛人模樣，生活千變萬化，我們要提醒當初沒能發現的事，就算這些全是細微不過的變化，瀏海剪短了、皮膚保養得更為剔透了、價值觀變得成熟了、眼神變得堅定，透過觀察，找出對方每一天的不同，當你看著愛人的眼神越是溫柔，越能在生活之中意會愛情的模樣。

排他性

執著，另一個定義是排他性。

為了獲得人心的獨特，想要擁有，所以看不見其他事物存在，若非得二擇一做出選擇，自然會心生糾纏。

我們不用時時刻刻做出選擇，行動有時候是為了辨別，當你選擇投入，自然會在乎能否得到相對回應，只是每一次的事實背後，都不是為了追求唯一答案，把目光放得長遠，把時間定位在未來餘生。

讓判斷能力只在「採取行動」的時候發生，那個瞬間，也不再侷限於二擇一的框架之中，生命沒有如我們想像發生，我們也不必覺得苦痛，因為在過程之間，已經獲得判斷的能力了。我們可以感受執著之外，身為一個付出者的快樂，不忘感受每一次的快樂，若要強求期待，便會與幸福越發疏離。

還能被修復的配件

重要的電源轉接頭故障，送修期間，電腦鍵盤也跟著脫落。鍵盤蓋後有四個邊角，其中一個邊角碎裂，卡榫無法順利接合，輕憑指尖就能簡單掀起，協助維修的店員，努力壓著脫落的鍵盤，試圖不讓它掉下來，他用一張極度認真的表情說明，我試著忍著不發出噗嗤一笑，只因那畫面實在太可愛、太有違和感。

記得這臺電腦是在搬回臺北之後，送給自己的生日禮物。電腦是書寫創作不可缺少的夥伴，使用時我像對待寶物一樣仔細，還為它買下加長保固，定時清潔、謹慎使用，只是無論怎麼小心呵護，卻無法避免損壞的日子到來。物件跟身軀一樣，擁有生命運行的時限，知道擁有多麼不易，就有多麼不捨。

我還記得鍵盤壞掉的位置是「#3」的按鍵。

按鍵在某日卡住，以為藏著髒東西，試著把電腦內的碎屑倒放搖晃出來，以為它們會被順利清乾淨，還沾沾自喜自己的小聰明，卻沒思考卡榫在當時是否早已損壞，回想起來，或許開始就不完整了。

若沒有看過最初模樣，就無法得知後來真相，生活維持新穎，無知的起點經由純粹的溫和鋪陳與堆疊，只要從未覺得損壞，任何瑕疵都不足以讓我們起心懷疑，只是後來，每敲下一次鍵盤就跟著脫落，雖然想佯裝無所謂，只是影響創作的事實卻已無法倒退。

送修之後，離開臺北出差一段時間，心繫維修訊息的到來，當我置身其他城市，卻感覺手邊缺少了什麼，沒有電腦的陪伴，創作鍵入的過程難以完整，這讓我相信，任何平穩的存在都有專屬的意義，便利與否，當存在逐漸滲透生活，就已經跟習慣融為一體了。

返回臺北的第一個行程，我迫不及待到維修站拿回電腦，當我把暫用的轉接頭交換出去，就像重新開始的儀式，新的轉接頭被細膩裝進密封夾鏈袋，接過袋子當下，感覺丟失已久的物品又再度回到我的身邊，心中滿是尋回的澎湃感。

那些跟習慣融為一體的事物，唯有在失去的時候，不捨才會顯現出來，人們鮮少將壞掉的物件修復，只因替換有時比維修來得方便，我相信有些人仍是能夠瞭解的，擁有事物的那一刻，就堅信它們無法輕易被取代，但看似無堅不摧的事物，也有不得不說道別的那一天。

深深希望損壞的一切，若我們真的無力再修復，願我們能坦然接受道別的時刻。

獨立的面孔

久別不見的大學同學剛從澳洲回來，問我想不想一起喝杯咖啡？看著視窗傳來的訊息，稍微遲疑，翻看行事曆，那天剛好沒有安排特別的行程，想著見面聊聊似乎也不錯。從前我有種「沒有行程，好像很孤單」的錯覺，現在倒覺得「獨處」不錯，但有時就算知道獨處的好，也還是需要一點點勇氣練習。

近期與許多失聯的朋友重拾聯繫，換掉使用多年的社交帳號，刪除時幾乎不帶猶豫，或許最後能留下的本就不多，而真正的好，不會因為刪除而失去延續的作用，知道有些誤會或多或少從刪除中產生，不過我已經沒有餘力解釋，因為我連照顧自己都還做得不夠好，只記起朋友親手寫過一張卡片給我，她說：「羨慕妳總能嘗試想做的事情，我也想成為跟妳一樣的人。」

我想自己並沒有像她所說的勇敢，只是表面看似獨立，事實卻是害怕受傷，為了不與人們靠得太近，盡可能讓自己維持舒適的距離，如果想要讓具備重量的事物存放於心，卻沒有合適的空間讓其寄放，分離之時，失望著沒有足夠的勇氣扛著遠行，為了有朝一日不要太過傷心，我選擇練習疏離，想著該如何在每一次的靠近裡，成為不親手賦予傷害的人，只因爲我不需要，也不想要。

習慣了站在旁觀的位置，偶爾我也會思考給出去的安全感還算足夠嗎？保持距離是為了保全自己的情緒起伏，避開在相處之間產生依賴，遠觀付出，能感受他們需要我，我卻不一定需要他們，這麼想我已感覺心滿意足。很久以前我就曉得，對一個人投入多少，就容易生成獨佔的慾望，我知道不是所有陪伴都能得到回收，充其量只是交付出去，卻不能要求他們留在我的世界。

如今已經知曉獨立的意義，是為了讓自己活得自在的一種方式。讓淺薄的關係變得緊密的方法有很多，不一定要選擇極致追求，我曾過於極端看待，導致每一次的陌生靠近，像是經由我的雙手撕毀，也許我並不希望結尾迎向遺憾，只是不知道為什麼，我已經沒有勇氣再跨出更多。

每個人都有屬於自己靠近的方式，沒有憑著他人的期待走進，不等於我們的練習獨處沒有價值，真正的價值在於他人心中存在的樣貌，那些喜歡你的人、真正愛惜你的人，會讀懂我們真實的一面。

親愛的讀者

有人走了，有人留下來。

喜歡的口味，長大成人以後也會改變，閱讀也是，藉由文字拆解生存的意義，憑藉聆聽自己，撥開複雜、顯露單純：我會活著，然後也會做些什麼，接著我們都會平靜死去。

伴隨成長的醜陋與善良吶，那些選擇觀看我的，正是與我共舞的對象。

那些都轉貼到，已經看不見的所在。

記得自己的生成，像是一株不起眼的小草，當我決定從零開始建築，那座只屬於我的溫室，命運的轉折，就從決定為自己的書寫賦予價值，寫著寫著，她們說我的字看似透明，卻又蓋上了一層薄薄的霧。漸漸的，好像替人們把挫折與憂傷的感受都說完了。幾年之後，我在綠皮開心果的店裡收到一封陌生的來訊，出版社的溫柔邀約使我默默流下幾行眼淚，現在想起，好像是該知足，那原來是離我多麼遙遠的夢，幾經多少的自我懷疑，終於下定決心走進想要守護的書寫世界。

從那之後到現在，覺得自己肯定是改變了，但或許也沒有改變吧。

無從連結讀者的生活，我唯一能做的事情就是創作吧。

那個想要照顧好所有人的想法，變得只能把自己照顧好，如同法蘭唱著「多想將一切做得完美」，卻覺得這就是愛呢，字裡行間，感受遠方的你們正經歷什麼，雖然無法一一回覆，但我知道為求寫下不會消失的事物，終有無法顧及的時刻，因為我只有一個人，沒有辦法滿足所有人的期待，也許有些人會離開，也許有些人會留下來。而我決心為書寫變得堅強，守護使人願意停留的歸屬，這是我僅有的投入。

瞭解喜歡之中存有苦澀快樂，就像一顆星星，不知道什麼時候閃耀，又將在什麼時候殞落，每個選擇背後都充滿矛盾，但你知道，這都是成長無可避免的循環。

有人說自己走出悲傷了，也有人在癒合之後告別溫室。

收下那些體貼的話語，有鼓勵也有反饋，讓人感謝的是你們的始終如一，無論如何，那些陪伴對我而言，正是被愛最美好的禮物，當我看見那些未曾離開的人們，步入婚姻、創業、擁有家庭，這一切不光只是順遂，明白他們經歷過的酸甜苦辣，我嚮往的日常，似乎也因為你們，間接替我逐步完成。

給予同時也是得到，我所不能做的，還有他們的付出，而我的構成，有很大部分是由他們建構而成，我不會是我一個人的，但同時也是一個人。

——我們，始於共生。

每個人的心中，或許都想成爲另一個人的太陽。

海底仰望太陽光。

我知道，你我都曾墜入深海之中，但只要和煦的光芒能滿載我們追尋至今的任何信仰，可以是喜愛的一切所創造的萬物，一句對白、一場電影、一首歌曲，一場演出，抑或某個心動留下的註記。當我們感覺寂寥，只要不忘心中還有太陽，你跟我終能成為他人生命發光的光蕊。

羨慕還是厭惡

無能為力將歪斜的結局倒帶，那就放下差別心，自在漫步吧。

攜著混亂的情緒透氣，體悟活著無法公平的事實，遇見素未謀面的人，聽懂了秘密的心事，為了體驗他們是如何度過生活，同時也是為了安撫追求完美的自我衝突，時間如雨，落下之後輕輕蒸發，不曉得會帶我們到哪裡旅行。

從前想像誠實的人最聰明，汙穢的人最愚蠢，那麼現在我們還是深信不疑嗎？

價值觀緩慢地顛倒了現實是非，至今沒有改變，他人頻頻指下矛盾，與其無關的人說得諒解，而明白的人卻訕笑荒唐，臉孔披上一張畫皮，假裝不在乎就能隱瞞渴望，可是虛偽的謙卑來自謊言，事實上，我們的真心並不那樣想的。

主流的邊緣的，豐富的貧窮的，人們只要曾經待過一邊，很快就會忘記切回最初的原點。習慣了空泛的外殼，偽裝富有的經驗，如果我們將角色替換，會不會原諒所謂的惡意與羨慕？曾經親密的友誼，倘若因自負而疏離，等到察覺之時，也許周遭已經變得一無所有。

如果有一天，張開內心的保護網，讓萬物都跌進來，裝進無害，卻又充滿傷害的事實，會不會說服自己，這些都是幸運？至少讓疼痛先行教會了你，你在他們身上看見了不想成為的真理，知道自己無法走到他們的位置，只能觀望。

假使只看過世界好的一面，而忽略了最骯髒的環節，我們總有一天會被自己扮演的受害者所傷。

尋找本身即是活著

清晨兩點，我們在對話框輸入訊息，我寫著：「總有一天，當妳的孩子長大以後，記得要傾聽陪伴，再也沒有比這個更重要的事情了。」

朋友聽我說完這些話，乖乖去睡覺了，明天的她，又將早起陪著孩子完成母親充實的一日作息。從前她是個自由奔放的人，沒想過擁有孩子的她，多了幾分對家庭的責任，似乎能看見她身為人母的心境轉變。

每個人總在尚未體會某個角色之前，同理意識彷彿離得遙遠，現在的她，就像為了家人蓋了一座堅強的堡壘，不只是純粹住在裡面生活，還必須守護這座城堡。

我想每個人心中，或多或少都擁有必須守護的東西吧？

她全心全意投入愛意養育孩子的心，如同書寫之於我心中的價值，一切重要且無可比擬，只要這份愛出自意願，就沒有什麼徒然，回想剛出社會的懵懂，曾經以為只要把喜歡的事情排在最後，不讓夢想消逝就好。隨著時間推移產生的疲乏，讓身心處於消磨，我的愛變得像是犧牲，日子越來越不快樂，好像選擇都變成了憤怒。

轉念一想，若心裡不覺得這些是犧牲，那麼過往走過的路，其實都是成全。

我願意把走過的步伐，看作通往終點的印記，就算現在只是輕踩擱淺之處，哪怕海水沖散讓越過的腳印消逝，卻也無法抹滅前往的意志。曾經有人這樣問過，怎麼確定那就是最喜歡的事情呢？我笑說，人再怎麼喜歡一件事情，過程也不全然都是快樂的吧，如果連痛苦的部分都能一同擁抱，反覆面對教人苦痛的過程，或許就能說得上是喜歡了吧。

若你能感覺到苦痛，那即是走在正確的路上了。盡情享受路途上的分分秒秒，直視難以跨越的困境，若能在未來一日抵達終點，才不會在他人問起過程之時，卻連實現的細節都想不起來，享受解題的過程吧！如果有一天，遇上與我們同等徬徨的人，我也想緊緊握住他們的手，告訴他們，實現一件事情，必須附加很多勇氣，甚至還需要一點幸運，當機會來臨時，你也有能力守護自己喜歡的事物，走過了那麼多的路，沒有一步是毫無意義。

世界上有太多人找不到願意排除萬難、只為實現內心的願望，即使那個願望只是對生命的認同與允諾，說出「想要平凡度過生活」的人，已經比誰都還要靠近自己的靈魂了，因為尋找願望本身，已經為我們兌現活著的意義。

我很喜歡皮克斯（PIXAR）的動畫《靈魂急轉彎》（Soul），導演彼特・達克特（Peter Docter）專訪的時候回答了一句話，他說：「The literal meaning of life is whatever you're doing that prevents you from killing yourself.（生命的實質意義是你正在做的一切，而這一切阻止你想自我了結的想法。）」

我們的出生其實不具任何意義，曾經我也在追求之間，感受滿身泥濘，即使知曉人生的終點是步向死亡，依然會為了尋找而感到懷疑，而每一次的懷疑，提醒我們「活著」的事實，透過反覆挖掘內心的體驗，紀錄專屬自己的劇本，像是從來就沒有被打敗那樣，誠如《靈魂急轉彎》所說——Don't miss out on the joys of life.（別錯過生活的喜悅！）

殆盡的星

消失的飛機雲
末端長出
你因我而做夢
拖行了長長的尾巴

當我消除
最愛的人的記憶
也許繁星點點
卻沒有一顆能為我哭泣

如果
未來有一天
再也不記住模樣

請原諒我
連指認也一併忘了歸因

擁有獨處的力量

我總是很喜歡看她自在的樣子，記得網路上流傳一張清單，上面寫著「世界上最孤獨的十件事」，我轉貼這篇文章問她，問她這麼獨立的一個人，清單上嘗試過哪些事情呢？她回答我說：「除了一個人動手術之外，大概都做過了吧？」

我感到不可思議，詫異地問她：「天阿，妳真的一個人去遊樂園了嗎？」她笑著回應我說：「是啊，真的一個人去了。」

當她回應出一副「其實妳也可以做到」的表情，讓我更加認定自己辦不到，或許真的很介意別人怎麼看我，雖然切換工作模式能迅速抽離恐懼，但是生活與工作模式的我，很難放在同個位置，我曾想過跨越舒適，卻顯得更加手足無措。

我一直不太擅長跟寂寞作伴，總是逢人就問，究竟是如何平衡寂寞呢？生活作息明顯與周遭不同的我，寫作時間多半在深夜進行，遇上靈感不足，特別容易陷入憂鬱和寂寞，即使當下想找人說說話，深夜間，周遭的人幾乎全都熟睡了，想找其他的事物轉注意力，不曉得為什麼，輕易就被拉回寂寞的空間。

那時我開始嘗試讀一些關於寂寞還有孤獨的書籍，有人將孤獨視為一種狀態，而寂寞是一種情緒，最初我以為兩者相同，而後發現寂寞能透過練習調整，學會跟它共處；而孤獨的本質不太一樣，因為我們擁有自由，所以才會感到孤獨。

日本心理諮商師石原加受子所寫的《其實，我們都寂寞》一書，提及「以自我為中心」與「個人本位」是兩種不同類型的人，前者重視自己感受，懂得尊重他人，後者把利益作為前提，為了滿足自我慾望，喜歡控制他人的想法，分不清楚自尊心與傲慢的差異。

寂寞的人多半擁有「個人本位」的特質，時常不知道追求什麼，即使願望得以實現，也還是會感到空虛。相比之下，「以自我為中心」的類型，我們雖然常常使用這句話形容他人自私，但其實這類的人較為重視自我感受，他們能清楚理解自我需求，不會因外在定義自己的價值，願意釐清自己想要追尋的事物是什麼。

現在想想，雖然表格上寫著「世界上最孤獨的十件事」，說不定也是「世界上最自由的十件事」，一個人能夠心無旁騖，保持自在愉悅的心態完成這些孤獨的事，即使說是「邊緣人」也甘之如飴，我想這才是自由之人的幸福。

印度哲學家薩古魯（Sadhguru）回應過一個問題：「我們該如何面對寂寞？」

他說：「看待寂寞其實跟自由只有一線之隔，當我們身在一座空曠的山林裡，周圍沒有任何的人事物，看似自由，但深陷其中卻容易爲此迷失。處理自由通常需要一定的清晰和力量，多數人很難掌握自由的界線，他們口中談論自由，又試圖束縛自己，而當眞的擁有了，又感到痛苦至極。人類的生存法則，有著『底線』卻沒有『上限』，這也是爲什麼我們感到痛苦的原因。」

當我們的存在不取決任何外在評斷，或許就不會有寂寞這回事了，我們可以享受獨自的時間，無論喜歡或者不喜歡，我們終將以一人渺小姿態回歸塵埃，如果我們學會整理寂寞，牽繫坦率的自己迎向未知，至少我們的心還能保有專屬的空間，即使外在存有折磨萬千，但只有心的範圍，是能完全不受外物侵擾的。

是什麼讓我們相連

沒有工作的休息日，把自己反鎖在家，不適應的藥物使人暈眩整天，醒來全身痠痛、眼窩發熱，好不容易從床榻奮力爬起，梳洗完畢，瀏覽外送頁面，點了習慣的食物，狀態不好的時候，甚至連吃飯的慾望都沒有。

吃藥讓身體變得乏力，食量時而誇張、時常不振，若幸運一點，還擁有力氣搜尋喜歡的作品來轉移不適的注意力，去年的三月，我看了一部感動的作品。

那是眉月老師筆下所描繪的世界，名為《恋は雨上がりのように》。網路搜尋譯名，大概是「愛在雨過天晴時」。不太確定合適的翻譯會是什麼，但也有人將其翻譯成「戀雨」。

不經意點開了第一集，被作品細膩的作畫方式給深深吸引，下雨的畫面，滴落水面產生的漣漪，女主角因羞怯染紅了雙頰，這是她初次喜歡上一個人的心情，從沒想過有生之年會喜歡上年齡差的店長。

仔細觀察作品放送的年份，原來是二〇一八年，輾轉至今已經過了好幾年了。

最喜歡的情節，是女主角跟店長待在休息室，雙方討論著關於芥川龍之芥《羅生門》在文字中想要傳達的意思，當他們對應考卷上的提問，各自闡述自己讀完的感受，他們之間的世界，像是透過文字產生了相通之處，我能理解，文學真正迷人的地方，是在有限的文字之間，將彼此串連起來。

深信時間永遠無法消滅作品的真實光芒，閱讀的雙眼能在過程攫獲咀嚼，並將其視為共鳴之物，這些存在化作媒介，讓每一個讀過的人，內心產生小小漣漪，好的作品能存留別人一生，堅定迷失的矛盾，當我們對活著感覺失望，至少還能將希望寄託在這些無聲之物，這或許也是我能持續創作的原因。

20
21

三月十六日

委屈的時候，記得找出委屈來源，修正那些反覆發生不快樂的地方，覺察能夠擁有的，然後就能夠消弭怨懟，我想對自己說：「別畏懼，妳不是一個人。」

四月五日

早已知道是自制太差、心智不夠堅強，如果將慾望追求放在天秤一端與生活比較，不過是想要舒心過日子罷了。

四月七日

不要膽怯、不要迷惑，不要因爲選擇「歸零」的生活就感覺頓失所依，世界上沒有誰是一蹴可幾，不羨慕憑空抵達的人，因爲維持原狀才是最艱難的事情，妳還能踏出步伐、還有堅強、還有屬於自己的時區。

相信沿路走來不會是零，正負相抵，從今以後，我們還有無限的可能性。

雨鞋

我曾想添購一雙雨鞋，兩年過後，雨季總會提醒我還未實現這個願望。

有人跟我說過，如果你走進一間店裡，本來想要購買的慾望，卻因猶豫不決的徘徊，而遲遲不敢伸出手，代表我們不是真心想要擁有這樣東西。思考自己當時想要添購雨鞋的願望，會不會只是想要避開雨季沾濕鞋襪的麻煩，一旦雨季末了，回到日復一日的生活，這些麻煩終究只是短暫而已。

雨季的重新到來，反覆提醒自己還存有這樣的願望，遲遲沒能拿出行動實現，時間就這樣不明不白流逝了，願望到最後就真的只剩下想望，不再有實現可能。然而物慾只是一個瞬間，夢想反而是生命中遺憾的大事，我們必須看得清晰，想像終究到達不了交換，需要透過行動才能實踐我們寄託腦海的事，總得在重複經歷多少次後悔，才會記得對自己說一聲：「這一次，該真的為自己好好實現了吧？」

雖然下雨天為我們的生活帶來許多不便，卻能洗滌空氣的髒汙，下雨之於雨鞋的互相提醒，告訴我們還有好多想完成的事情，似乎一件一件堆放心上沒能好好處理，對應著生命的層層糾結，也許是跟家人之間的爭執留下悔恨，或者誤會導致友誼毫無緣由的疏離，我們的內心，掛念那一個又一個小疙瘩，已經發生的事情或許無力改變，至少現在，還可以再試著去實現。

透光練習

太陽光升起，試圖從柔軟的床榻離開。

努力把模糊的意識推開，狹小昏暗的房間，有時也關不住孤獨。那些對我而言還算陌生的城市，多希望都能走訪一遍，即使僅能憑藉一雙無助的腳，但我知道這樣已經足夠了，我還有一雙腳能夠帶我抵達遠方。

重新回歸臺北生活之前，曾在中壢短暫生活過，時常騎著自行車轉乘火車，每一次穿梭車陣之間，掌心因為懼怕而沾滿了汗水，彷彿下一秒就要跟著車身跌倒似的，知道自己是真的害怕，哪怕不管經過多少次練習，依然覺得這是道難以突破的高牆。時常嘲諷自己不會任何交通工具，無論機車汽車，有時甚至責怪自己為何如此膽怯？為什麼無法把意識交付給機械，但我是真的明白，沒有勇氣駕馭它們，我曾在河堤反覆練習，只是每一次的轉彎，都讓我摔得沒有餘地，我才深深諒解，「現在的我」就是沒能克服。

當我理解，比起責怪自己無法克服的事實，接受也是一種溫柔的方式。

轉了個念，不再問自己為什麼學不會，開始享受散步於車械緩慢不下的地方，我可以在生活角落獨佔那些無人知曉的美好，晴天雨天，沐浴樹蔭底下，我的影子也與這些光線有所連結，偶爾我也會踩著腳踏車，騎在沒有車陣叨擾的河堤，曬著夕陽，染紅的夕陽灑落在我的身上，相信步行也有步行的美好，每一個經由枝葉末梢穿透的光芒，投射在視線可見的材質之上，每個光影，都是生命意想不到的溫柔暗示。

當你探索萬物的局部，只為尋求光的細碎變化，我想成為那樣，倘若我也能穿透狹隘的隙縫，成為別人生命的顏色，那我的存在，便不再是追尋與比較什麼。

散步途中我幾度思考，活在城市的人，究竟多麼依賴科技呢？

你我是否已經好久沒有注意大自然帶給你的提醒，你的呼吸、你的混亂、你的脆弱、你的追逐……也許是該抬頭看看光，再看看腳下影子，也許能聽聽自己怎麼說，而不是追問那些不足夠。

嘗試把生命的每個狀態都放大來看，然而負面的感受也遞減了，有人愛了，有人離開了，你知道生命從不討喜，卻也接納那些無法輕易完成的改變，那就是我們身而為人最特別的地方吧？我與光一樣，光也與我一樣，我們之間的韌性，能夠依照周遭形狀，延展灑落的方向；我們的勇敢，也能夠根據這些不平坦，形成不一樣的折線。

我很喜歡的導演是枝裕和這麼說過，他說：「生活就是這樣，千瘡百孔之中也會有美麗的瞬間，我想捕捉的正是這些瞬間。」

我相信每一次的透光，都是活著之時，最純粹的日常練習。

喜歡自己的輪廓

朋友時常形容我像貓一樣，樂於孤僻且按照自我步調生活，其實我是害怕落單。說起來，刻意採取疏遠人群的方式，只為不再無意識討別人歡心，若沒有了群體，就不怕變成一個人，因為討厭看見變得卑微卻無法表達誠實的自己。

年幼的我，明明喜歡透過鏡頭拍下「當時」的樣子，尚未變得世故之前，我還沒有那麼厭惡自己，長大後，變得不再喜歡面對相機，生活在科技變遷的時代，面對鏡頭變成周遭普遍的事情，當我看著顯影後的自己，我對自己產生了懷疑：「原來現在的我是這樣子的嗎？」

如果成熟懂事才是美好的，那為何我會如此想念孩提時代的單純？他人看待自卑美醜的價值，是否有絕對篩選的標準方法？如果能夠重新活過一遍，我能不能選擇誕生在快樂幸福的世界裡，當我已經隨著社會化的試煉，忘了原來最單純的模樣，綜觀充滿了比較與群體生活的世界，我對誠實說出回答的自我，開始產生了懷疑，解釋不出自己真正喜歡什麼。

日劇《凪的新生活》裡頭的女主角，總是讀著眾人的空氣說出不失禮節的話，卻未曾表露內心的自己，最後因壓力過度導致缺氧昏倒在公司。她決定辭掉工作，重新到一個未知的地方展開新生活。還記得那是一間簡陋的小房間，放著從荒地撿獲拾來，再接著重新打理的電風扇，她把它漆成黃色，如同向日葵般盛放在房間，這個電風扇，變成了與她生活共同扶持的小小夥伴。

現在的我，能坦誠說出喜歡書寫這件事情，文字幾乎是我唯一信任自己的事，那不是因為覺得自己寫出來的東西很美好，事實上，我也沒有自信說得上好，但至少我終於長出勇氣，承認自己喜歡的事實，想到能擁有「喜歡」的心意，彷彿就能獲得力氣，變得比較能夠行走。

喜歡的人、喜歡的事、喜歡的顏色，喜歡的習慣……很多很多，僅僅「喜歡」兩個字，就足以讓生命的視野變得寬闊。喜歡的心情，讓我們在面對沮喪的時候，不覺得疲憊，即使埋頭徹夜未眠，長出深邃的黑眼圈，哪怕撐著眼皮拚命與文字進行共舞，這或許就是喜歡的力量吧！即便現實的我還不足以抵達想去的地方，至少此刻內心很滿足，因為這是我對自己誠實的方式。

我還記得有一次，跟朋友在咖啡廳聊著「不喜歡拍照」這件事情，因為我並不喜歡自己的樣子，導致我沒有勇氣在眾人面前展現自己，書寫也好、演講也好、經營社群也好，每一次的經歷都是我對自己的練習。她鼓勵我用手機拍下自己的照片，透過鏡頭凝視自己也是一種練習，我當下循著她說的建議進行練習，拿出相機拍下自己的樣子，如今那些照片還存放在手機裡，現在看見那些照片都有想要略過的衝動，但想想，如果沒有這個契機，或許「當下的我」就無法被保留下來了吧？

照片裡的我，現在是這個模樣，或許下一次拍照的時候，又是不同的樣子，影像的存在，最讓人感到驚喜的，莫過於我們能把模樣之外的故事也收納至照片裡，若一個人的心能夠保有單純，我相信無論經過怎麼樣的世故洗禮，依然能連同過去的單純都一併保留下來吧？

「這個世界啊、其實充滿著幸福呢。」

——岩井俊二《被遺忘的新娘》

不為證明活著的你

有一次陪朋友配眼鏡，看見一只很喜歡的鏡框，向來習慣挑選安全顏色的我，這次難得動心，拿起那只平時不會拿起的透明鏡框，由於度數深的關係，我總是沒能選擇喜歡的款式，幸運的是，這只鏡框的設計，剛好符合需求。

透過喜歡的事物，察覺這些改變，攸關時間帶來的作用，有時分秒的存在，加速催化了我們主動向前改變的意願，而改變是生命的本質，當我們選擇不變或者維持，內心多半是害怕別人的想法，從前的我，只允許自己留在安全的位置，為了避免他人投射的異樣眼光，通常會選擇避開矛盾。

只是，當大家都做出同樣選擇，自然沒有人願意遊走在質疑邊緣。

高中的我，總是羨慕那些能把制服穿得時尚又可愛的同學，天生既不起眼也沒有勇氣跳脫舒適圈的我，現在想起來，羨慕的情緒並非來自想變得跟她們一樣，那時我還不曉得，這些感覺正是我的自卑感作祟。

《覺醒的你》一書，其中段落寫著：「如果核心痛苦不是你每天證明自己背後的動機，人家說什麼都不會影響你；但由於你試圖證明自己的理由是爲了避免痛苦，因此發生的每件事都可能帶來痛苦。最後，你變得如此敏感，以致無法不受傷害地活在世上。」

為了證明自己的存在，人通常只追求別人關注，忘記自己為何追求，而這份疲憊的來源又是什麼？為了追求這些不合適的認同，我們開始忽視內在的聲音，如同符合周遭期待成形的花朵，卻還是不斷透過灌溉，來逼迫它盡快長大。

現在的我，跟從前的我，應該有一些不同了。當我拿起那只透明色的鏡框，終於明白，原來我們一直漫步在時間的軌道上，那些渺小的改變，是始終停在原地的人永遠不會察覺的。

還是有被愛的時光

六歲之前的記憶，多半由爺爺奶奶的笑容建構而成，我們一起住在高雄的偏遠鄉村，鄉村的空氣十分清新純樸，爺爺奶奶習慣早睡，夜晚九點過後周圍變得很安靜，寂靜之聲能聽見蛙鳴，坐在庭院抬頭仰望，夜空中沒有光害，能看見繁星。

喜歡說自己是一個鄉村長大的孩子，抓老鼠田雞不算是多麼駭人的事，奶奶常笑我這麼大的一個人，怎麼會怕蟑螂？蟑螂說不定才怕我呢！我天性調皮，喜歡在牆壁亂塗鴉，坐在爺爺肚子上蹦蹦跳跳，騎著腳踏車兜轉田間，雙頰感受迎面吹來的風，感覺到真正愜意，喜歡拿著蒲公英到處跑跳，有時身上也會沾滿鬼針草，這些經歷或許是城市的孩子未能體驗的純真，現在想想，我其實是幸運的。

平時我與爺爺奶奶聊天說的是客家話，剛來到這個地方時，還只是懵懂的小娃娃，漸漸也習慣了客家語，偶爾客人來找爺爺奶奶聊天的時候，他們會切換成國語模式，於是客家語跟國語，兩種語言組成了我的童年。偶然一次爺爺打開收音機聽日本演歌，吸引了我的注意力，發現這是我未曾聽過的語言，歌詞旋律不知怎麼聽來壯烈苦情，卻感覺很有趣。

爺爺不時獨自跑到隔壁客廳看電視，轉到ＮＨＫ頻道，靜靜坐在搖椅上收聽新聞，那時我好像對這個聽不懂的語言產生了興趣，不自覺也跟著坐到爺爺的身旁，爺爺跟我說這是一個叫做日本的國家，他們說的語言是日語。

他說，「這個世界很大，妳要好好讀書，才有機會看見更寬廣的世界。」那是我第一次知道，除了臺灣這片土地之外，原來還有別的地方。

六歲以後因為家庭變故因素，我返回臺北生活。

家裡時常堆滿華語音樂的卡帶，隨著時代進步，我們換成三合一音樂播放器：ＣＤ、廣播、卡帶，媽媽發現聽音樂的我們會變得很專注，開始主動幫我們購入一些CD。

我們三姐妹非常喜歡看卡通，雖然那個年代只有固定幾個頻道可以收看，但我們吃飯配電視，常常看到忘我，嘴巴總是張得大大的，卻忘了咀嚼（笑）當時喜歡的動畫有好多，每週我們都準時守在電視機前面。除了動畫，我們也喜歡日劇，媽媽幫姊姊購入一張好聽的日文CD，是日劇〈魔女的條件〉主題曲《Frist Love》，也是宇多田光的第一張專輯。

每一次聽著日文專輯，我會想起那是我與爺爺之間的連結，雖然那時候的我聽不懂日文，隨著反覆播放，不知不覺我開始能跟著旋律哼唱，我很喜歡隨手翻開中日的歌詞本，默默在白紙寫下註記，慢慢能記住一些符號的發音，發現自己好像真的喜歡上了日文。

也許開啟生命那扇好奇心的門，只是童年擦身而過的契機。

就像爺爺對我說，記得要好好讀書，才能看見更寬廣的世界。每當爺爺談起從前，不知道為什麼臉上總有掩飾不了的遺憾，好像在對我呼喊，希望我能代替他走到一生嚮往抵達的國度。我想，我是真的十分幸運能活在這個世代，能夠實現自己喜歡的事情、滿足好奇心與知識，在那個沒有辦法填補遺憾的年代，我已經充分地擁有了我自己。

在你理想的國度　我住在那裡嗎
白天忙碌　晚上分享
握在手心裡的溫暖

輕輕牽著你的手　漫漫長路一直走
哪裡都是我們的家
想到這裡
怎麼我會哭了呢？

——陳綺貞《家》

時光是一個媒介

這是一個潛水錶的廣告，延伸時光的概念。

When you slow yourself down, you gain more time, you accomplish more.
You can go further, you can go deeper.
But in that moment, time stretches and it feels like eternity.
（當你沉澱自己，擁有更多時間，可以完成更多、走入更深邃的未知。那一刻時間真正延伸了，瞬間感覺像是永恆。）

親愛的，我想不起來，究竟是從什麼時候長成一個焦慮的人。

自我有意識以來，似乎就生長在否定的環境，變成大人以後，彷彿全身充滿了刺，姊姊問過媽媽「後悔嗎？」母親誠實訴說這些年來的懊悔，沒能在我們需要母愛的階段好好陪伴我們。張懸《關於我愛你》歌詞裡頭唱著：「我擁有的都是僥倖啊，我失去的都是人生。」不知道為什麼，我深感共鳴，原生家庭的疼痛，其實是一件讓人不知所措的事，並不會因為我們蛻變為成熟的大人，就能釋懷已經發生過的故事。

高中打工的時候，認識一個準備考美容檢定的姊姊，她說起剛開始決定學習化妝的時候，屢次遭到家人反對，那個年代，學習化妝需要昂貴學費，家人不覺得這個職業具有前景，父親也可能自卑著沒有金錢供應她上更好的學校，更沒機會出國深造。

她還記得離開家的前一個晚上，一邊收拾行李一邊哭得欲絕。跟家裡失聯至今不知道經過多少年，直到最後一次母親因為父親臥病在床而聯繫上她，小時候父親總是不講理地斥責，好似沒把她當親生小孩那樣打罵，雙腳總留下被打的痕跡，哭著哭著，也不怎麼感覺疼痛了。我忍不住問她：「妳討厭爸爸嗎？」

她說：「討厭啊。」靜止了片刻，接著又說：「可是很奇怪，不知道為什麼，走到病榻旁看見他的病容，我就好想原諒他。」

我生氣地回應：「如果是我，才不會原諒呢，我跟妳一樣都好討厭自己的父親。」她拿著腮紅刷輕刷我的臉頰，笑說：「不，妳會原諒的。」接著又說：「而且到最後，也不知道為什麼自己會原諒。」

這個答案，至今都未得其解，我想我還是很討厭父親。

時光常被比喻成最好的利器，我無從否定時間的強悍，只是沉澱同時，也質疑著長進回憶深處的傷痛，真的能一併淡忘嗎？我忍不住為自己許下一個願望，可以的話，希望連同血液間的羈絆也帶走就好了，沒有那些，長年以來的憎恨大概也能若無其事消失吧。

不確定未來某一天，真的是否能如她所說，當我們有機會站在病榻前，凝視父親病懨懨的面容，能夠有足夠勇氣告訴他，當時好憎恨他，甚至不想再見到他。我知道尚未擁有勇氣檢視心中一層又一層因傷痛編織而成的網，多年以來，我都在為他尋找合理的藉口，但我知道，這些無可挽回的犯錯，早已找不出破洞緣由。

當我隨著日子，長成一個成熟的大人，終於明白有些憎恨是沒有辦法消弭的。

從前他人要我描述「家庭」的存在，總忍不住淚流，傷口毫無掩飾地從心中生出毀壞的枝枒，每提及一次就會崩毀一次，後來我漸漸不再說實話，被問起只要用微笑帶過，偽裝成不會壞掉那樣，是一個毫無缺陷的圓。我知道有些人也許和我相同，不願被同情的眼光憐憫，我們無法決定他人如何定義，所以只要微笑就好。

相較孩提懵懂時的尖銳，現在的我們，似乎變得比較勇敢了。

難以形容一個八歲的我，尚未理解家庭的複雜性之前，必須獨自走進同儕關係，那樣的欺凌，如同《堀與宮村》的漫畫裡，不斷用安全別針打出無數耳洞，眼看鮮血流下，對男主角來說，這些痛更驗證了他活著的感受。他渴求一個被愛的世界，努力存活下來，若當時沒有選擇活著，或許就無法在未來遇見女主角了吧。

如果可以，他想對從前懦弱膽小的自己說：「沒事的，你要好好活著唷。」

現在的我不再像從前一樣，談及家庭的時候，就會悲憤落淚，描述同時也能以平靜之心對待，似乎真的和解了什麼，不必再帶著自卑回覆外界的質問。我曾經想過，即使我們說謊，大人們其實都能看出眼神裡頭的遲疑吧？就算想要若無其事，卻也無法擦掉謊言背後的傷口。

是啊，我們其實渴望被愛，也想好好去愛。

時光或許真能在不知不覺間淡化疼痛吧？正確來說，讓悲傷變得不再隱隱作痛，或許答案一直都是自己。該如何改變生命的視角？我們得學習面對傷害來源，直視導致疼痛的原因，時間只管負責延伸，銳減悲傷同時襲來，如同廣告詞裡所提及。

But in that moment, time stretches and it feels like eternity.

我的永恆，始終在等待回憶跟自己和解的那一天。

病痛與治癒

吞了半顆，藥量再接著增加成一顆、兩顆。

不會待在同樣病痛框架裡的人，也許不會理解服用藥物的日子，就像活在禁錮的囹圄，無法說離開就離開，痊癒過後的人，也會不小心遺忘過往墜落的感受，如果能夠做出選擇，誰不希望健健康康？我多麼希望能找回原本的自己。

無法理解身心病的人，現實中仍佔多數，那也很好，代表世界其實還是相對幸福，未曾深陷其中的人，或許還能擁有疑惑的權利，瞭解身體是最誠實的載體，潛意識、心理狀態和環境引起了身心共鳴，無病呻吟已經不是一種手段了，而是社會需要正視的問題。

社會的壓抑無需刻意說明，也足以讓我們察覺問題，日新月異隔閡了人與人之間的安全，考驗人性的背叛和專情，我不禁憐憫時代變遷之下的父母角色，那是我在罹病以後，才逐漸懂得的同理心，過去時代沒有指標告訴父母該怎麼教育，只能承接上一代的傳統專制與思想倫理。

那些大人甚至還沒有機會變成一個完整的大人，就已經被迫成為父母了。

當初的我，其實還無法與病痛共存，自顧地對原生家庭的怨懟跟不諒解，不斷加深我對「活著」的疑惑，隨著時間釋然，我理解恨無法解決問題本身，所有怨恨的心情，來自雙方價值偏差的累積。我很喜歡《我的英雄學院》裡頭的一段台詞，他說：「活著總會有很多後悔、失敗，重要的是接下來怎麼做，我不知道能否改變未來，但是，過去是可以改變的。對於過去的解釋看法，是可以改變的。」

好多時候，我們都覺得過去是無法改變的吧？

因為已經變成過去，所以也不相信那些醜陋的回憶可以弭平，但這段話確實提醒了我，人們要如何看待回憶都是自己的決定，我們要讓回憶變得醜陋或者美好，也是由我們的想法與行動定義，知道過去永遠都無法替換成美麗，可是只要我們願意換個角度去看，就能不再受回憶折磨。

學習與傷疤和諧相處，首先得打開心裡的結，不避開看向醜陋部分，才有清創可能，我已經不願意再讓過去牽絆，即使只是小孩學步般緩慢地前進，那也是現在的我唯一能夠做到的事情，透過藥物、心理諮商、閱讀以及擁抱負面的感受，我確實走在治癒的路上了。

讀懂真正的快樂

生活若沒有光，那就學著找出點亮的方法。

無趣的漫漫長日，尋找心意專注的情願，慶幸能遇上閱讀，因為憧憬開始主動學習，小學至國中，喜歡讀的類型是詩集；高中以後，喜歡的是小說與隨筆；步入大學，喜歡上散文跟電影。

從小我就知道自己喜歡的東西，只是還沒有太多勇氣去嘗試。過去錐心的成長痛，為了不讓別人看輕，我時常透過誇張的行徑來吸引關注，穩固自己存在的價值，漸漸內心產生了許多負面感受，為求不看好的人明白，一無所有的人也能憑著意志完成心願，長時間以來都在為了「證明」而向前追尋，犧牲自己只為博取認同，那個瞬間，終於意識到原來「我」一直都很不快樂，我早已經找不到喜悅的理由，覆上一片疼痛的痂，身體裡的我，對自己非常殘忍。

為什麼，我們會感到如此疼痛呢？

是否雙手握得過緊，才會失去抓住這些幸福的資格呢？

那些導致壓抑遽增的關鍵，多數的不快樂源於比較，莫名的自卑愧疚、無法匹配的身分、拚命掙扎卻無從改變的現實，每當看著望塵莫及的人事物，內心的平衡產生劇烈動搖，羨慕持續加深，淹沒擁有的認同感，然後就相信自己真的一無所有了。

明明知道世界上還有很多人在死亡之前，都無法完成自己真心熱愛的事情，許多人活至生命過半，依然無法明確說明追求什麼，外表的光鮮亮麗，內心剩餘的都是殘骸，一個人能看到另一個人光亮的一面，卻也有著最陰暗的投射，那些妒忌、傷心、失望、後悔，都逃不過成長之時深層帶來的傷害。

我想說，追求喜歡的東西並沒有罪。

不管我們的出生多麼貧窮汙穢、憐憫不堪，請不要忘了擁抱身體裡的自己，沒有必要為了獲得認同而忽視這份感受，變得世故也好、保有單純也好，都無從撼動生命價值，所謂不比較就不會受傷的道理，其實也不一定真實，盼望我們能從無知的日子裡眺望，讀懂真正的幸福。

隨心移動

好長時間沒有旅行了，近期離開城市，多半是為了工作而出發，疫情的關係多數時間都待在家裡書寫。打包行李，在我的腦海中變成一件惱人的事情，這與討厭搬家的感受相同，每一次打包，都能意識到自己是未雨綢繆的人，凡是可能使用到的物品，無不極盡所能收進包包，只怕旅行途中有個萬一，懊悔自己沒有把東西帶得齊全。然而事實往往相去甚遠，到了當地，才發現這些東西根本用不到，尤其看不透天氣的多變，哪怕衣服帶得足夠，卻一件也沒穿到。

有時候翻開人們旅行用的行李，大概也能看出一個人的性格，我猜那些擅長自助旅行的人肯定不像我一樣吧，只顧得把包包塞滿，行動起來多麼不便，越是懂得在旅行中行動自如的人們，越能俐落知道自己所需會是什麼。我問過待在國外一段時間的朋友，問他們再次飛回海外的時候，都是怎麼決定行李要放入什麼呢？畢竟一個箱子就是固定尺寸，不能多也捨不得少。

他們笑說，其實也沒帶些什麼，有時甚至只帶了空空的行李箱，就這樣乾淨俐落出發了，海外的生活很便利，幾乎想要買什麼都有，而那個行李箱，只是為了下一次回來收拾行李準備的。

說真的，有點羨慕他們的乾脆，海外生活彷彿無所恐懼，好像天塌下來都無法阻止他們出發，想起自己既不會騎車也不會開車，只有一對雙腳能帶我出發。每一次上班前往捷運途中，都會經過幾間汽車展示館，路旁總會停放最新上市的試乘車，直到有一天，我經過看見了一臺灰色小車，外型看來小巧可愛，方便驅車移動，這讓我開始想像自己開車的樣子。

這種不曾規劃於未來裡頭的想像，不知道為什麼感覺有些奇妙，多年以來，都沒想像過自己會擁有這樣的願望，每天習慣經過的汽車展示館，也已經沒有什麼稀奇，直到莫名被這臺灰色小車吸引，才發現再怎麼與自己無關的東西，也會因為喜歡的感覺而轉念。朋友對我說過，多學習一種交通工具的好處，就是能夠抵達的地方變多了，我們將相對變得自由，也能看到更加寬廣的世界。

她說：「不要因為害怕就不去學習啊，笨蛋。」

那句笨蛋至今依然迴響在我的心中，似乎對「學習開車」產生了一些期待。

只是相對開車，我更喜歡搭乘交通工具，雖然知道選擇正確的交通工具能加倍節省時間，但是乘車的感覺，就像待在一個專屬的時光機，窗外不斷閃過無邊的景色，讓我感覺自己正在前往一座未知的城市，天氣好的時候，一望無際的晴朗，享受藍天白雲；天氣不好的時候，也能在雨水打濕的朦朧之中，複習回憶的拼圖。

那是一次又一次的呼喚，提醒我們好好享受活著帶來的自由。

延伸的藍天

因為工作調度，短暫期間我必須搭乘火車上班。

通勤的日子說不上特別快樂，偶爾也會露出疲倦的面容，每一次站在露天月臺等車，彷彿置身異國的錯覺，無論天氣溫暖潮濕，甚至大雨滂沱導致車子停駛，都像在進行一場未知的旅行。老舊的火車，喀噠喀噠的搖晃聲，凝視車窗，外頭相連一豎又一豎的電線桿，我喜歡收集天空多變的表情，綻放的、燦爛的、灰濛濛的，連接不斷的藍天白雲，讓我的心長出了寧靜。

不記得是從什麼時候開始喜歡天空呢？

只是比起單純收集天空的畫面，我更喜歡仰望陽光的那份感動。

絢香唱過一首歌《みんな空の下》，這首歌是她親自作詞作曲，描述天空之下的我們，每一個人將不會是永遠孤獨，難過的時候，請抬起頭看向天空吧，無論你在這個世界上任何一個角落，那份不願放棄追逐希望的心意，總會把我們緊緊相繫在一起，哪怕多麼難以跨越的高牆，總會因為陪伴而有所改變。

あなたの笑顔は　誰よりも輝き（你的笑容，比誰都還要閃耀）
曇り空まで　晴れにしてしまう（就連陰霾重重的天空，也能因而放晴）
何度も高い壁　乗り越えたから（無論多少次，你仍能跨越那道聳立的高牆）
何も怖くない　一人じゃないよ（沒有什麼好害怕的，你並不是一個人唷）
みんな空の下（我們都活在這片天空之下）

生活在狹隘繁忙的城市，光是要好好照顧自己的心都那麼不容易了。這一輩子我們太過匆促地活著，慢慢忘記為什麼要堅持一件事情，不知道當時寫下的字、體悟過的感動，那樣平凡無奇的自己與他人相較起來，多麼千瘡百孔不值得一提。不過我始終相信，相信每個人都有屬於自己的傷口，我曾經懷疑，為何文學應該深究分類，對於名譽聲望，人們能寫出的喜歡定義各自不同，正因為經歷的磨難無法相當，我們才能成為絕無僅有。如今我只堅守一件事，深信需要這些文字的人，總會用自己的方式找到它們，我們只負責描述來源，不需要被丟入某個分類，甚至不必再經由比較，而做不了更多喜歡的事。

活著能夠知道自己喜歡什麼，為了什麼前進，今天的我又將為什麼美好著迷，吸收各式各樣的創作養分，從中獲得感動喜悅，然後再將這樣的吸收重塑，傳遞到更遼闊的世界，學習理解與坦率面對，相信這是多麼幸福的過程。意識到自己正從深淵走了出來，陽光終於灑落在身上，抬頭仰望，放慢腳步，擁有勇氣對他人說出「喜歡」的堅定，這對我來說是一件非常不容易的事，過去面對那些分類，導致太過自慚形穢，現在我明白，說出「喜歡」的當下，就已經距離真實很近了。

為了實現說出的這份約定，同時也是為了兌現決心，我們遺留在心裡的退路，將一個一個消除擊破，如果要比喻這些，我會說多餘的選擇，就像是恐懼、害怕、不安一同製造的高牆，你必須知道，你從來不會是世界唯一如此的人，或者說，我們其實同樣渺小地在這個世界掙扎著。

所以，感覺膽怯的時候，抬頭看看天空，即使藍天不夠晴朗也沒關係，因為這一刻，你已經擁有了抬頭仰望的勇氣。

執著的秘密

這是一個引以為傲的小秘密，我很喜歡喝鮮奶茶，正確來說，更喜歡鮮奶綠。

雖然想不起來是什麼時候開始迷戀鮮奶加入任何茶類，比起深度發酵的紅茶，綠茶的清新味道，更讓人為之著迷，不知道是不是喜歡喝鮮奶茶的人，都養成了這樣的本事，原來遲鈍的味覺，會因小小執著而產生了熟悉的感知，那逐漸變得敏感的味覺，奶精跟鮮奶，隨著喝下的次數增多，察覺兩者不同的能力變得敏感了，我笑說這是一種無意識且自動自發的練習。

近年來發覺自己當初不感興趣、有所排斥的事物，默默重建學習的渴望，我曾經相信「對討厭的事物永遠不會有喜歡」的說法，現在想起來，好像愧疚於這些念頭。不管是因為相遇了更多人事物，或者走入未知而萌生改變的念頭，但是透過喜歡產生一探究竟的渴望，才能遠離乏味走進學習的領域。步入社會之後，發現工作的疲

乏讓我遠離學習的渴望，直到重新檢視職涯選擇，才慢慢走進繼續學習的意願，我發現重拾「學習」，真的能讓每一天都過得非常滿足

多數人都不知道生活該要有什麼樣貌，不過生活本質就如蔡康永說過的：「人活著本來就沒有意義。」真正的意義，我們需要主動尋找，相信每個人生來都是一張白紙，從孩子變成了大人，最後再步向衰老，衰老的身軀就像返歸孩童，再也沒有多餘的力氣表達字句的時候，也是我們心臟停止循環的時候。人的一生有著至高點，你願意為自己跨越多少恐懼呢？直至衰老之前，再多感受世界的變化吧，如果心裡還有什麼遺憾，要記得不要逃跑。

去年我選擇了辭職，憑著努力接案度過了充實的一年，透過文字謀生雖然壓力不少，但生活勉強過得去，雖然最後依然選擇回歸企業，維持與人保有連結的能力，不過非常慶幸當初的我嘗試過這樣的選擇，至少接下來能不留遺憾地決定自己想要過什麼樣的生活，比起「如果當初我能……」的遺憾說法，我更能肯定地告訴他人，如果不曾好好選擇一次，我們永遠都無法知道自己想要的會是什麼。

因為喜歡，所以才會有改變的可能性不是嗎？

現在的我，再也不輕易排斥不喜歡的事了，因為你不知道接觸的過程，會為生命帶來怎麼樣的改變。我曾經參加過《獨角獸計劃》發起的一場活動，大家在書店用短暫的時間，選一本平時不會閱讀的書，那時候我拿起了一本關於菩薩寺的書，叫做《朝一座生命的山》，過去的我，絕對不會有機會拿起這樣的書，但是因為這場活動而成為了契機，顛覆我對寺廟的既定想像，開始產生了一點興趣，如果可以，真想親自拜訪這座寺廟一趟。

現在想起來，這場活動可說是跳脫自我設限的練習，當時決意辭職，相信自己寫下的創作是具有價值的，現在想來也非常不可思議，最初沒想過可以擁有這些機會，生命卻為我迎來了挑戰，若當時沒有做出辭職的決定，那麼肯定不會有這些感動，當我們這輩子感受過一次「為了喜歡的事物而努力」的感動，或許就不會再輕易放手了。

我深刻明白，這世上一定存在諸多否定你的人，甚至對你的選擇產生質疑，我也遇過當初平行溝通的角色，最後卻高高在上的眼神，這些否定，對我來說是一次又一次的打擊，但是只要知道自己正在做什麼、喜歡什麼，就沒有人能擊潰你至今為止的努力，所以，不要排斥那些未知的嘗試，讓每一次的喜歡都有機會成為生命轉彎的一種練習。

張開雙手的勇氣

回家的路上，夜空沒有烏雲籠罩，抬頭仰望看見月亮變化，時而眉月、時而下弦月，再過個幾天，發現月亮又重新長大了一遍，就算我們都知道，月亮的變化無法計算光芒發散的時間，仍在內心默默走過一次循環。

宇宙存在許多不變的定律，即使萬物日日都在轉變。

我們曾經多麼希望趕快長大，離開大人的限制、無謂的同儕比較，那些課堂上讀不懂的加減乘除，真的可以解出人生方程式嗎？想用時間作為籌碼，卻不知道時間放在人生裡，幾乎是無價的幣值。時間沒有形體，人們無法察覺它的昂貴，我們肆無忌憚地交換、交換、再交換，好像富翁遊戲，怎麼富有都只是假象，跟買不了真實的小房屋一樣，若要抽機會或者命運一張，你想去哪裡？

究竟什麼時候開始意識到秒的存在？每分鐘過去，每小時過去，若能夠用珍貴的東西俐落交換，我們能夠用什麼交換？金錢、自由、頭髮、細胞，還是家人朋友？唯一能換到的是我們的生命，那也意味著無可取代。

當月圓變成圓缺，四季無情更迭，空氣凝結成水，潮起潮落，最堅強的無畏之狀不單只是活著，而是一切變化都那麼理所當然，理解著沒有什麼得以匹敵時間和自然，就覺得以秒為單位的交換，原來那麼昂貴無價。

那個「想要趕快長大」的孩子，變成了「活在當下」的大人，終於接受在年幼無意之間進行比較的籌碼，不再是可以替換的東西，你知道沒有什麼之於「現在」來得要重要了，察覺到任何怨懟不比接受來得坦率，於是握在掌心的力道也慢慢鬆開。

你問自己：接下來要去哪裡、未來打算去哪裡？而現在，想去哪裡？

試著鬆開握緊的手，力道變得輕薄，接受時間定律，活著的那一刻起，日子就未曾

需要緊抓，也許想要追求的從來不是時間，而是面對未知的勇氣，當你擁有信任，
你想要去哪裡都可以。

後記

睽違三年，試圖在產出之間，重新整理生活好多遍。

無助的狀態延續至今，終於長出喜歡的輪廓，即使只有一點點喜歡自己，至少已經向前跨越一些。我想書寫是生命中最不可思議的一次檢視，把心切開來一格一格好好整理，把喜怒哀樂放在適當的位置，張開雙手接受失去跟獲得，我相信能夠擁有，不一定要完全佔有。

三年前的我，還不懂得如何表達「喜歡」跟「討厭」的情感，那個不想傷害和被傷害的我，或許只習慣逃避，可是現在的我，想要溫柔安放那個拚命追求完美的自己，我想告訴她，謝謝妳努力活到了現在。

我想說，妳不用很完美也沒關係，就算做得不夠好、就算仍有人指責妳的不足，即使練習到最後必須反覆重來，但我們已經透過這些練習，越來越瞭解自己的極限所在了。不完美的部分只要練習就好，總有一天，會變得更加熟練，在那之前，不必急於證明也沒關係，當我們向著他人過分努力說明自己同時，也是間接否定自己，也許是我們不夠清楚自己的形狀，隨著他人的評斷，捏出符合對方期待的形狀，你要記得，這其實不是你最真實的樣子。

書寫期間收到來訊，讀著大家對於生活跟未來的不安，但我沒有回覆，只是單純收下所有秘密，因為我知道，這是我唯一能做到的溫柔，畢竟要肩負誰的未來，我還不足以成為那般存在，其實這個世界上沒有誰的肩膀，堅強到足以擔負任何人的命運，社交媒體的存在，確實縮短了我們之間的距離，以致大家對陌生的我，願意坦率說出自己的秘密。那些不敢對他人道出的故事，正是我們不敢在現實中表露脆弱的原因，世上有無數的人，努力把不完美的自己包裝起來，僅僅展現強悍的一面，只為逃離那個膽小的自己。

我知道要正視膽怯，從來就不是一件容易的事。可是，我相信生活在這片天空之下，我們都在努力學著感受生命的本質，也許有一天，當我們讀懂了生命的輕重，放下擁有和執著，感受日子的變化無常總會來到盡頭，當你願意為自己留下美好的吉光片羽，把被愛的渴望轉而投入對生命的熱情，你會曉得一生遺憾的東西不是失去，而是看著衰老的自己，卻還是留下好多的遺憾。

時間是無法挽回的前進，總會對我們宣告「一切已經結束」的儀式。所以，不要害怕不夠完美，因為不完美的我們，也值得自己喜歡。我想喚起每個人內心深處，那份「面對不完美」的勇氣。

最後，完成這本書的時候，我想謝謝自己努力寫下許多不敢寫下的故事。我想謝謝沿路陪伴我的夥伴安妮、溫柔與嚴苛並濟的編輯，因為妳的支持讓我能順利完成這本書，謝謝時報團隊、謝謝在我沮喪時鼓勵我持續寫作的朋友，還有正在閱讀這本書的你，無論我們以什麼形式遇見，確實因為你，讓我的文字擁有了存在的意義。

「你的完美有點難懂並不代表世界不能包容」

——盧凱彤 Ellen Loo

透光練習

作　　者／黃　繭
主　　編／林巧涵
責任企劃／謝儀方
美術設計／吳佳璘
內頁排版／唯翔工作室

第五編輯部總監／梁芳春
董事長／趙政岷
出版者／時報文化出版企業股份有限公司
108019臺北市和平西路三段240號7樓
發行專線／（02）2306-6842
讀者服務專線／0800-231-705、（02）2304-7103
讀者服務傳真／（02）2304-6858
郵撥／1934-4724時報文化出版公司
信箱／10899 臺北華江橋郵局第99信箱
時報悅讀網／www.readingtimes.com.tw
電子郵件信箱／books@readingtimes.com.tw
法律顧問／理律法律事務所　陳長文律師、李念祖律師
印　　刷／勁達印刷有限公司
初版一刷／2021年5月21日
定　　價／新台幣360元

ISBN 978-957-13-8939-4 | Printed in Taiwan | All right reserved.

時報文化出版公司成立於一九七五年，並於一九九九年股票上櫃公開發行，
於二〇〇八年脫離中時集團非屬旺中，以「尊重智慧與創意的文化事業」為信念。

透光練習/黃繭作. -- 初版. -- 臺北市：時報文化出版企業股份有限公司, 2021.05
ISBN 978-957-13-8939-4 (平裝) 863.55　110006367

今天的你，好嗎？
希望你能比昨天的自己，更完整一點。